Annemarie Jung

Er hat mir die Augen geöffnet Dich zu lieben

Annemarie Jung

Es hat mir die Augen geöffnet dich zu lieben

Ein wahres Schicksal über Liebe und Sterben und inneres Wachstum

Lebensweg

Bibliografische Information Der Deutschen Bibliothek
Die Deutsche Bibliothek verzeichnet diese Publikation
in der Deutschen Nationalbibliografie;
detaillierte bibliografische Daten sind im Internet über
http://dnb.ddb.de abrufbar.

Bibliographic information published by
Die Deutsche Bibliothek
Die Deutsche Bibliothek lists this publication in the
Deutsche Nationalbibliografie;
detailed bibliographic data
are available in the Internet at http://dnb.ddb.de.

Annemarie Jung – Es hat mir die Augen geöffnet dich zu lieben

2. Auflage Winter 2005

ISBN 3-86516-406-4
Bilder und Cover: Martina Wende, Künstlerin
© Copyright 2005. Alle Rechte beim Autor.
Printed in Germany 2005

Herstellung: Druckerei Winter GmbH, Heitersheim

Widmung

für
Claude,
Jan Christoph
und Nele

Danksagung

Ich danke allen Menschen von ganzem Herzen, die mich im Jahre 2000 begleitet haben. Ohne sie hätte ich diesen Weg nicht gehen können.

Herzlich danke ich allen Menschen, die mich bei der Veröffentlichung dieses Werkes unterstützten. Ohne diese Menschen, wäre das Buchprojekt nicht gelungen.

Ich danke dem Leben für die Möglichkeiten, die es mir eröffnet, und die ich mit Mut annehmen kann.

Erwacht

Die größte aller Kräfte
hast wieder in mir erweckt.

Ähnlich dem Morgenerwachen,
ganz sachte gewinnt das Lachen
Vertrauen, Hoffnung und Licht.

Schritt für Schritt,
Rund um Rund
schält Liebeswort
den Wesenskern mit jeder Stund.

Begegnung wagen,
Sehnen sagen,
so spricht das Herz
durch Tat und Wort.

Erinnern heißt doch lieben
und Liebe reflektieren
im Glanze aufersteh'n.

von
Olga Maria Hoch

Vorwort

Im Oktober letzten Jahres sehe ich ihn zum ersten Mal. Dabei denke ich: »Endlich ein Mann, der Farbe bekennt.« Denn er trägt ein blaues T-Shirt und eine orange Hose. Ich beachte ihn nicht weiter, denn ich will keine Beziehung. Eines Tages jedoch nehme ich mir vor, den ersten Menschen, den ich treffe, zu fragen, ob er mit mir spazieren geht.

So treffe ich auf Frank. »Ja, ich gehe gerne mit dir spazieren.« Er ist auch gerade unterwegs nach draußen. Es wird einer meiner schönsten Spaziergänge, weil wir miteinander schweigen können und uns trotzdem wohl fühlen. Das nächste Mal begegnen wir uns in der Küche. Er ist in ein Gespräch vertieft. Ich stehe einfach so herum. Plötzlich ruft er: »Annemarie, komm doch mal her.« Ich gehe hin, und er legt ganz natürlich und selbstverständlich den Arm um mich herum und sagt: »Du siehst so aus, als könntest du das jetzt gebrauchen.« In der Tat, es fühlt sich gut an.
   Danach treffen wir uns oft, Zufall oder Schicksal, wenn wir spazieren gehen wollen, jeder für sich. Wir freuen uns darüber und gehen gemeinsam. Er hat immer was zu essen dabei, eine Banane oder ein Stück trockenes Brot. Wir erzählen von uns und entdecken, dass wir den gleichen Beruf haben.

Wir freuen uns jeden Tag mehr, uns zu sehen. Wir reden viel miteinander und haben Achtung vor der Meinung des anderen. Ich fühle mich sehr akzeptiert und geachtet. Da wir beide keine Beziehung wollen, achten wir darauf uns nicht näher zu kommen. Doch in der letzten Woche vor meiner Abreise wird uns beiden klar, dass wir uns sehr mögen und traurig über den kommenden Abschied sind. So umarmen wir uns öfter aus Traurigkeit vor dem nahenden Verlust. Er lebt im Norden, ich im Süden. 950 km liegen dazwischen. Am Abschiedstag weinen wir beide.
   Danach telefonieren wir täglich miteinander. Wir wollen Silvester bei einem gemeinsamen Freund feiern. Beide sehnen wir diesen Tag herbei. Als wir uns dort wiedersehen, liegen wir uns lange und innig in den Armen. Es ist wie ein Ankommen zu Hause nach einer langen Reise.

1. Januar

Im neuen Jahr ist klar: Wir sind ein Paar. Ich fühle mich geliebt von Frank. Oh, wie schön, wie schön. Endlich. Ist das die große Liebe? Wenn es sie wirklich gibt, ja, es gibt sie, dann ist Frank meine große Liebe. Wir wollen soviel wie möglich zusammen sein. Doch wie wird das möglich sein bei einer Entfernung von fast 1000 Kilometern? Sobald Frank Zeit findet, besucht er mich für ein paar Tage.

3. bis 6. Januar

Eines der schönsten Erlebnisse für mich ist, als er die Treppe hoch humpelt und wir uns zur Begrüßung umarmen. Es ist lange und innig. Vor ein paar Tagen ist er mit dem Fuß umgeknickt. Seitdem geht er mit Krücken.

Die Tage des Zusammenseins sind wunderschön. Geprägt von inniger Liebe, Offenheit, Ehrlichkeit und den anderen so lassen, wie er ist. Unser Dasein ist einfach und gut, entspannend und aufregend, traurig und froh. Wir gehen spazieren, schauen einen Sonnenuntergang an, hören gemeinsam Musik, kochen und essen zusammen und fahren auf einen Berg. Er will Ski laufen, und tatsächlich hat er keine Beschwerden mit seinem Fuß. Ich besteige in dieser Zeit den Gipfel. Es ist für uns beide ein schönes Gefühl, gemeinsam etwas zu unternehmen und doch getrennte Wege zu gehen. Das bringt uns noch näher zusammen. Ich bin glücklich.

Manchmal trauen wir unseren eigenen Gefühlen nicht. Meinen wir uns persönlich oder ist es die Sehnsucht in uns drin? Sind unsere Gefühle wahr? Oder machen wir uns was vor?

7. Januar

Frank will nach Hause. Es zieht ihn zu seinen Kindern. Ich fahre die halbe Strecke mit ihm mit zu der Hochzeit meiner Freundin. Wir trennen uns diesmal mit der Gewissheit, dass wir uns bald wiedersehen werden. So denke ich den ganzen Tag an ihn und fühle eine tiefe innige Zuneigung und Verbundenheit mit ihm und zu ihm.

8. Januar

Mein guter alter Freund kommt auch zur Hochzeit. Einmal fragt er mich: »Nach was sehnst du dich denn?« Ich werde traurig bei der Frage, und mir kommen die Tränen. Dann antworte ich: »Ich habe Sehnsucht danach, geliebt zu werden. Ich sehne mich nach Sicherheit, Wärme, Nähe, Geborgenheit. Ich sehne mich nach einer festen, dauerhaften Partnerschaft, bei der ich mich entwickeln kann, die standhaft ist. Ich sehne mich nach einem Platz für mich, an dem ich leben darf.« Dazu muss ich sagen, dass ich bereits 21 mal umgezogen bin.

9. Januar

Nach der Hochzeit fahren wir zusammen weiter zu einer anderen Freundin von mir. Sie wohnt noch weiter im Norden. Dort angekommen reden wir bis halb zwei in der Nacht, auch über die Sehnsucht. Und stellen fest, dass sie ein wichtiger Bestandteil unseres Lebens ist, dass sie eine Kraft ist, die uns leben lässt und uns zum Ziel führt.

Auch hier telefoniere ich mit Frank. Er will bald herkommen. Nach dem einstündigen Gespräch ist es mir erst richtig klar geworden: Ich bin in Frank verliebt. Ich wollte mich doch nicht verlieben. Doch ich sehne mich nach ihm und bin glücklich, wenn ich an ihn denke.

Kurz überlege ich, ob ich mit Frank in den Norden fahre, wenn er zurück fährt. Aber nein. Ich bin zum Geburtstag eingeladen, und meine Schwester zieht um. Ich will vernünftig sein und zu mir nach Hause fahren. Andererseits bin ich schon mal hier oben.

Was will ich?

Kann ich Vernunft mit Verliebtsein verbinden?

Ist das überhaupt möglich?

Ich sehne mich nach einer festen Partnerschaft, und gleichzeitig habe ich Angst vor Abhängigkeit.

Ist es möglich in einer Partnerschaft unabhängig zu sein? Und wenn ja, wie?

10. Januar

Frank erzählt am Telefon, dass er eine geschwollene Backe hat, da er einen Zahn gezogen bekam, und Zahnfleisch wurde ihm auch

11

weggeschnitten. Sein Fuß wird mittlerweile bestrahlt. Er ist echt krank. Wir sprechen über unsere weite, viel zu weite, schrecklich weite Entfernung. Ich sage ihm, dass ich Angst davor habe, zu viel zu geben, ohne dass er zu mir steht, da ich diese Erfahrung gerade gemacht habe. Was mir gut tut, ist die Klarheit in Franks Worten. Er sagt:»Ich habe Angst, in den Süden zu ziehen.« Das verstehe ich vollkommen, wegen den Kindern vor allem. Aber ich freue mich darüber, dass er diesen Gedanken hat.

Kann ich in den Norden ziehen? Oder ist es Flucht, wenn ich wegziehe? Ist es ein Weglaufen? Oder ist es der Weg einer echten Partnerschaft? Ist es ein klares und eindeutiges »Ja« zu mir? Zu Frank?

So viele Fragen.

11. Januar

Ich frage mich:»Sind meine Gefühle wahr? Ich habe mir schon mit anderen Männern was vorgemacht!« Ich wünsche mir eine verbindliche Partnerschaft, in der einer zum anderen steht. Spontan fallen mir folgende Worte ein:

Liebe ist Sicherheit
Nähe
Geborgenheit
Wärme
Ruhe

Liebe ist sicher
nah
warm
geborgen
ruhig
rein
hell
so sein dürfen
bunt
achtsam

12. Januar

Es ist ein klarer Himmel mit Sonnenschein. Am Mittag gehen wir zu dritt in die Sauna. Die beiden schlafen und schnarchen nach dem ersten Saunagang. Ich bin etwas unruhig. Heute, nachher kommt Frank. Ich bin den ganzen Tag aufgeregt und fühle mich wie fünfzehn. Als er kommt, umarmen wir uns wieder lange und innig. Ich liebe diese Umarmungen.

Er hat eine dicke Backe und Schmerzen, nimmt jedoch keine Schmerzmittel. Die Krücken braucht er auch noch zum Laufen. Wir machen uns weiter keine Gedanken darüber, da er meint, dass bei ihm alles sehr schnell anschwillt. Also scheint alles normal zu sein. Er ist müder als sonst, doch dafür hat er andere Erklärungen.

Am Abend gehen wir zusammen in eine Disco zum Tanzen. Frank und ich küssen uns immer wieder. Ich erlebe das zum ersten Mal so in der Öffentlichkeit. Ich fühle mich wieder wie fünfzehn, wenn ich Frank küsse. Das macht sehr viel Spaß.

Mit Frank stimmt soviel. Das macht mir manchmal Angst, einmal weil ich denke, ich mache mir was vor und zweitens, weil mein Wunsch und meine Sehnsucht nach einer funktionierenden Partnerschaft größer werden und ich somit mehr enttäuscht werden kann.

Wir haben sehr gute Gespräche miteinander über Konsequenzen, Entscheidungen, Vertrauen und Liebe. Wir sagen uns zum erstenmal, dass wir uns lieben, und ich fühle dabei eine tiefe Verbundenheit und Zuneigung. Es macht mich glücklich in seiner Nähe zu sein.

13. Januar

Nach reiflichem Überlegen, entscheide ich mich doch dafür, mit Frank zu fahren. Ich bin sehr glücklich, dass endlich mein Ziel in Erfüllung geht, mal in den Norden zu kommen.

Noch in der Nacht kommen wir an und fahren gleich zum »Meer«, wie ich es liebevoll nenne. Später erfahre ich, dass die Anwohner »Wasser« oder »See« dazu sagen. Für mich ist es das »Meer«, und ich liebe es. Es ist kalt und windig am Strand. Da wir hungrig sind, essen wir Pommes im Auto und sind glücklich wie Kinder.

14. Januar

Am Nachmittag machen wir einen Spaziergang an der Küste entlang. Der Wind ist so stark, dass ich manchmal gar nicht vorwärts komme. Ich liebe dieses Spiel mit dem Wetter. Ich liebe den Wind und das Meer. Beides hat große Kraft.

Ich werde geliebt von Frank. Ich fühle mich sicher und geborgen. Ich ernte eine große Ernte. Mit Frank ist es einfach schön in jeder Beziehung. Wir ertragen uns ganz eng und fühlen uns beide wohl dabei. Ich möchte mehr in seiner Nähe sein. Ich kann mir sogar vorstellen, mit ihm in einer Wohnung zu leben.

Ich liebe, und ich werde geliebt.

E N D L I C H!

Endlich gibt es einen Mann, der meine Liebe annehmen kann. Frank drückt das ganz klar aus. Dabei sind wir erst seit wenigen Tagen zusammen. Ich will mehr von ihm. Ich will alles, was er zu geben hat. Und ich möchte ihm alles geben, was ich geben kann. Ich bin so voll, so voller Liebe, die erwidert werden will.

Ich bin glücklich.
Ich habe Kraft.
Ich habe Gelassenheit.
Ich habe Ausstrahlung.
Ich bin in meiner Mitte.
Ich habe es geschafft!

15. Januar

Heute fahren wir über die Grenze auf eine Insel, auf der Frank surft. Er ist glücklich, sie mir zu zeigen, und ich bin beeindruckt von soviel Meer und Strand.

18. Januar

Ich bin glücklich, weil ich geliebt werde. Und das ist etwas ganz Besonderes für mich. Ich kann mich nicht erinnern, jemals zuvor in meinem Leben so bedingungslos angenommen worden zu sein.

21. Januar

Ich mache mich mit dem Zug auf die lange Reise zu mir nach Hause. Frank sagt beim Abschied: »Ich liebe dich länger als ich ahne.«

Ich schreibe folgendes Gedicht:

> Frank ist für mich,
> wie der Wind, der mit mir spielt,
> wie das Meer, das mit mir Kräfte misst,
> wie die Sonne, die mich wärmt und
> wie die Erde, die mich trägt.

Mir geht es sehr gut. Ich bin tief berührt von den letzten Tagen mit Frank. Ich habe tiefe wunderbare Erlebnisse, Gedanken und Gefühle. Ich fühle mich angenommen. Ich fühle mich glücklich. Ich fühle mich geliebt. Wir lieben uns vollkommen. Wir lieben uns vollständig. Wir meinen es ernst. Wir wollen Klarheit. Das gibt mir große Kraft und Ausstrahlung, Gelassenheit und Festigung in meiner Mitte. Wir sind uns nah, auch in der Entfernung. Ich fühle mich sicher. Und dieses Gefühl ist neu.

Ich bin über beide Ohren in Frank verliebt. Am liebsten möchte ich ganz in seiner Nähe sein, doch das geht noch nicht.

23. Januar
Er sagt heute am Telefon: »Du bist in meinem Herzen.«

Ah, das tut so gut. Ich will mehr davon! Wir telefonieren täglich mehrmals und lang.

24. Januar
Lieber Freund,
seit Freitag bin ich wieder zu Hause. Zu Hause? Was ist das? Habe ich ein Zuhause? Oder bin ich mal wieder auf der Durchreise? So viele Fragen, gleich zu Anfang. Ich freue mich sehr über Deinen Brief, denn er hat mich berührt. Deine Ehrlichkeit, Deine Offenheit, Dein Vertrauen, wie Du Dich in Worten ausdrückst, das mag ich sehr.

Nun, wie geht es mir? Ich bin einerseits sehr glücklich und andererseits sehr traurig.

Glücklich, weil ich geliebt werde. Und das ist etwas ganz Besonderes für mich. Ich kann mich nicht erinnern, jemals zuvor in meinem Leben so bedingungslos angenommen worden zu sein. Das fehlte leider in meiner Kindheit und zieht sich durch mein ganzes Leben. Bin ich deshalb so rastlos? Auf der Suche nach Sicherheit und Geliebtwerden konnte ich keine Wurzeln schlagen. Glücklich bin ich, weil ich mich in Sicherheit wiege. Auch das ist neu. Ich war nie in Sicherheit. Ich musste stets weglaufen, vor einem Elternhaus, vor einem Ehemann, vor mir selber!

Sicherheit bedeutet für mich: Ich darf bleiben, ich darf da sein. Sicherheit heißt, niemand will mir was Schlechtes tun. Sicher fühle ich mich, wenn ich geliebt werde. In erster Linie von mir selber und dann auch von anderen. Geliebt werden und Sicherheit sind zwei neue Begriffe in meinem Leben, deshalb verwende ich sie gerade so gerne.

Traurig bin ich über meine derzeitige finanzielle Not. Ich halte mich mit meinen Hobbys (Brotbacken, Trommelkurse, Arbeit im Weinberg) über Wasser. Ich weiß nicht genau, wie ich dieses Problem lösen kann.

Gelassenheit ist auch ein neues Wort, allerdings bereits seit zwei Jahren. Ich übe es gerade praktisch. Ja, Rastlosigkeit zeichnet mich schon lange aus, sehr wahrscheinlich mein ganzes Leben, wie am Anfang beschrieben. Doch ich sehne mich nach Beständigkeit, nach Ausdauer. Wie Beständigkeit funktioniert, weiß ich allerdings nicht. Es ist mir fremd, theoretisch sowie praktisch. Ich möchte es gerne kennen lernen. Kannst Du mir sagen, was Beständigkeit ist, wie sie sich ausdrückt und wie man sie erlangt?

»Trost und Dankbarkeit«. Trost gibt mir Sicherheit in Zeiten, in denen ich sehr verletzbar bin. Dankbarkeit empfinde ich, wenn es ein Mensch ehrlich mit mir meint und auch, wenn die Sonne scheint oder ich genug zum Essen und ein Dach über dem Kopf habe.

»Wachsen mit Achtsamkeit in Liebe.« Gott ist Liebe. Gott wohnt in meinem Herzen. Damit bin ich göttlich, und ich bin die Liebe. Und das übertrage ich auf alle Menschen. Wenn ich damit achtsam umgehe, wachse ich in jeder Beziehung. So interpretiere ich jetzt diesen kleinen Vers.

Ich bin ja sehr gerührt von Deinem wunderbaren Gedicht von Dir für mich. Es ist so wahr. Ich freue mich sehr über solche Gesten. Du kannst dich da gerne entfalten. Ich nehme es gerne an.

Lieber Freund, ich freue mich schon auf Deinen nächsten Brief.

Ich grüße Dich auch in Liebe (ich laufe gerade über davon) und in Achtung.

Annemarie

26. Januar

Heute bin ich zwei Stunden mit meiner lieben Freundin Christel zusammen. Sie vergehen wie fünf Minuten. Sie sagt: »Höre auf dein Herz. Folge deinem Herzen. Du gehst deinen Weg für alle Frauen. Hörst du? Du gehst für uns alle. Du machst mir Mut, wenn du deinen Weg gehst. Geh´ nicht an der Liebe vorbei. Ich kann dich verstehen. Guck nicht, was die Gesellschaft denkt, geh´ deinen Weg. Du hast Kraft für dich und für uns Frauen. Schreib dein Buch. Schreib für uns Frauen. Du gehst deinen Weg. Du weißt genau, was für dich richtig ist. Du bist in meinem Herzen drin. Wir verlieren uns nicht.«

Ich bin sehr glücklich, dass ich Christel kennen lernen durfte. Ich bin sehr berührt von ihr, von ihrer Ehrlichkeit, ihrer Offenheit, und von ihrem Teilen mit mir. Und das Schöne ist, dass ich es annehmen kann. Christel ist ein Engel.

Seitdem ich Frank kenne, bin ich gar nicht mehr richtig hier unten im Süden zu Hause. Ich will mit Frank zusammenleben und geliebt werden. Es zieht mich in den Norden.

27. Januar

Heute habe ich einen Tag für mich alleine. Die letzten Tage war ich bei meiner Schwester, um ihr bei allerlei Dingen zu helfen. Morgen früh gehe ich nochmals hin. Vielleicht habe ich eine neue Ärztin in Müllheim gefunden. Hoffentlich. Sie ist mir sympathisch.

Heute Mittag koche ich wieder für meine Hausbewohnerinnen. Es gibt Sauerkraut mit Klößen und Soße. Um halb sechs bin ich mit Christel zum Joggen verabredet. Sie hat mir gestern sehr viel Mut gemacht, meinen Weg zu gehen.

29. Januar

Gestern haben Frank und ich fünf Stunden miteinander telefoniert, von halb elf am späten Abend bis halb vier am frühen Morgen. Es war wieder alles drin, von Lachen bis Weinen, von Witz bis Ernst.

Und schließlich teile ich ihm sogar meinen Traum mit, bald mit ihm zusammenzuwohnen. Er fragt mich sogar, wie ich mir die Wohnung vorstelle. Drei Zimmer, eines für ihn, eines für mich

und ein Wohnzimmer, eine Wohnküche und ein Bad mit Bade-
wanne. Es war ein komisches Gefühl, ihm das so zu sagen.
Noch zweimal schlafen, dann sehen wir uns!

31. Januar
Noch eine Stunde Fahrt. Ich sitze im Zug und bin sehr aufgeregt,
so freue ich mich, Frank zu sehen. Doch welche Enttäuschung, als
ich auf dem Bahnsteig stehe, und er nicht zu sehen ist. Wieder
bekomme ich die Enttäuschung sofort zu spüren, wenn ich eine
Erwartung habe und diese nicht erfüllt wird.
Doch, da kommt er gelaufen. Er war noch in einem Musikladen,
um nach einem Verstärker für mich zu schauen, da meiner kaputt
ist, und manchmal nur auf einer Box Musik zu hören ist.

1. Februar
Heute kommen die Kinder von Frank zum Essen. So lerne ich sie
kennen. Ich mag sie. Anschließend spielen wir Spiele, zuerst drinnen, dann draußen.

2. Februar
Wir fahren zusammen Fahrrad. Frank zeigt mir seine Heimat. Es
gefällt mir hier, obwohl viel Wind geht, was beim Fahrradfahren
nicht so schön ist.

3. Februar
Wieder fahren wir Fahrrad. Das mag ich. Frank ist Triathlet. Er
fährt fast jeden Tag mit seinem Rennrad.
Am Abend kocht Frank ein köstliches Essen: Lachs in Weißwein
mit Nudeln, und als Nachtisch gibt es Kiwi und Apfelsine. Später
hören wir allerfeinste Musik von Eduard Grieg. Frank hat eine sehr
gute Stereoanlage. Es ist eine Wonne zuzuhören. Ich fühle mich zu
Hause hier.

5. Februar
Wir fahren drei Stunden Fahrrad. Das ist zuviel für mich. Ich bin
erschöpft. Und doch will ich gleich Brot backen, als wir zurück
sind. Frank überredet mich, eine Pause einzulegen und mich ein
wenig auszuruhen. Als ich liege, spüre ich Kopfschmerzen. Die
habe ich vorher gar nicht gespürt.

6. Februar
Ich mache einen Spaziergang am Meer. Alleine. Das tut mir gut.
Frank fährt Rennrad. Als ich zurück bin, koche ich ein neues Re-
zept aus einem Kochbuch, das ich im Bücherregal finde. Ich gebe
mir alle Mühe. Doch Frank runzelt die Stirn, als er es sieht. Denn
es ist ein Auflauf mit Roter Beete und Krümeln obendrauf. Und
Frank hat Bedenken, dass die Krümel in seine Zahntasche fallen
können. Daran habe ich nicht gedacht. Er isst sehr vorsichtig, und
es schmeckt ihm.

8. Februar
Wir besuchen einen Freund von Frank. Ich fühle mich auch dort
gleich wohl.

10. Februar
Frank und ich sitzen zum Abschied auf der Couch. Er sagt: »Du
bedeutest mir sehr viel.« Und: »Du bist mehr als meine Freundin.«
Ich spüre das und glaube ihm. Am Bahnsteig weinen wir beide, so
traurig macht uns der Abschied. Ich schätze Frank, weil er mit mir
und auch alleine weint. Ich kann mir ein Zusammenleben mit
ihm vorstellen, er sich mit mir auch. Wie schön. Doch die Zeit
ist noch nicht reif dafür. Die Zugfahrt ist anstrengend, weil sie so
lange dauert. Es gibt keinen Sauerstoff, da man die Fenster nicht
öffnen kann. Und die Bahnhöfe sind meistens überdacht.

11. Februar
Ich bin wieder in meiner Wohnung. Meine Katze scheint froh zu
sein, dass ich zu Hause bin. Sie sitzt auf meinem Schoß und lässt
sich von mir streicheln.

14. Februar

Es ist 14 Uhr. Frank ruft an. Er teilt mir mit, dass er ein Plattenepi-
thel-Carcinom am rechten Unterkiefer an der Innenseite hat. Eine
Operation soll in einer Woche stattfinden. Ich sage sofort, dass
ich kommen werde, wenn er das wünsche. Ja, er wünscht sich,
dass ich komme.

Es ist 20:55 Uhr, und ich bin überwältigt von vielen Gefühlen.
Frank hat Krebs!

Ich bin für ihn da. Mit ganzem Herzen. Mit ganzer Kraft. Ich
gebe so viel ich kann. Ich wünsche mir, dass ich meine Grenzen
erkenne und wahre, dass ich nur soviel gebe, wie ich wirklich geben kann, wie ich wirklich habe. Das wird eine neue Übung für
mich werden. Ich werde viel im Krankenhaus sein. Ich werde viel
lesen dort, für mich und für Frank.

So, jetzt ist es 23 Uhr. Ich habe noch nichts gepackt. Morgen um
sechs Uhr fahre ich los. Und es scheint mir eine neue Zeit anzubre-
chen. Eben habe ich noch mit Christel telefoniert. Ich bin nicht
allein und hoffe, dass ich dort oben einige Kontakte schließen
kann, damit ich nicht so alleine bin, wenn Frank im Krankenhaus
liegt. Ich habe Kraft. Ich habe viel Kraft. Doch ich will nicht über
meine Kräfte geben. Ich will bei mir bleiben. Ich will mir Gutes
tun, bei all dem, was ich tue, will ich mir Gutes tun! Jawohl!

Ich versuche zu packen, zu schreiben, ich telefoniere mit Frank,
ich weine, esse und trinke Wein. Um zwei Uhr bin ich endlich im
Bett.

15. Februar

Um fünf Uhr rappelt der Wecker. Die Hausbewohnerin fährt mich
zum Bahnhof. Ich kann es noch gar nicht fassen, dass ich wieder
im Zug sitze. Ich bin doch erst vor ein paar Tagen nach Hause gekommen. Ich weiß auch gar nicht, wie lange ich bleiben werde.
Ich bin aufgedreht und niedergeschlagen zugleich. So viele Fragen schwirren in meinem Kopf: Wie krank ist Frank? Wird er es
überleben? Wird er vielleicht sogar sterben? Was wird aus meinen
Wunsch nach einer intakten Partnerschaft?

Um halb drei holt Frank mich vom Bahnhof ab. Ich bin wieder
da. Kaum war ich weg.

16. Februar
Meine Grundstimmung ist traurig, und das darf so sein. Zwischendrin reißen Frank und ich Witze über seine Krankheit oder den bevorstehenden Krankenhausaufenthalt. Zwischendrin weinen wir. Komischerweise sind wir viel getrennt unterwegs, da Frank täglich viele Stunden beim Arzt zwecks Voruntersuchungen verbringt.

18. Februar
Während Frank mit dem Rad in die Stadt zum Arzt fährt, fahre ich mit dem Rad am Meer entlang. Eigentlich dachte ich, dass ich ihn zu den Arztbesuchen begleite. Ich komme mir überflüssig vor. Ich kenne auch nur wenige Menschen hier.

20. Februar
Heute ist der letzte Tag vor der Operation. Wir machen zu dritt einen Ausflug mit dem Fahrrad. Das Wetter ist schön, der Himmel ist blau. Wir sind aufgedreht und unsicher, was uns der morgige Tag bringen wird. Vielleicht verändert er unser aller Leben.

Um fünf Uhr kommen wir im Krankenhaus an. Ich fahre Frank hin und bleibe bis zehn Uhr dort. Er sagt immer wieder:»Ich bin glücklich, dass du da bist.« Auf dem Rückweg gehe ich noch mal zum Meer. Da fühle ich mich wohl und habe ein wenig das Gefühl von Urlaub.

21. Februar
Heut morgen um halb elf Uhr ist die Operation. Die Sonne scheint den ganzen Tag. Ich denke viel an Frank und schicke ihm gute Gedanken, Kraft und Liebe. Am Morgen fahre ich Rad mit Pulsmesser. Meine Herzfrequenz geht langsam zurück. Ich gebe mir Mühe, langsam zu fahren, denn dann geht mein Puls runter. Zu Hause angekommen, esse ich zwei Brote, wasche Wäsche, spüle, räume auf und staubsauge. Später fahre ich mit dem Rad ins Krankenhaus.

Frank sagt:»Ich bin froh, dass du da bist. Du bist mein Glück, mein großes Glück. Du bist mein großes Ziel.« Er ist dankbar, das tut mir gut. Die Operation ist gut verlaufen. Ein Teil vom Unterkiefer musste entfernt werden. Frank liegt erschöpft im Bett und schleppt sich doch auf den Flur, um ein paar Schritte zu gehen.

22. Februar
Als ich Frank sehe, erschrecke ich. Sein rechter Unterkiefer und die rechte Lippenhälfte sind stark geschwollen. Er ist erschöpft und müde und scheint mir unruhig zu sein. Er hat noch Infusionen, und er sagt immer wieder: »Du bist mein großes Glück.« Ich bin gerührt darüber und fühle mich tief mit ihm verbunden. Ich fühle eine wahre Liebe, eine wirkliche Liebe, eine erwiderte Liebe. Als ich aus dem Krankenhaus komme, gehe ich in eine kleine Brauerei und trinke ein frisch gezapftes Bier. Es schmeckt mir und tut mir gut.

23. Februar
Ich fühle mich wohl hier. Das Meer gehört mir, und die Vögel erzählen vom Frühling. Ich tue, was mir gut tut. Ich will Frank helfen und ihm geben, soviel ich kann und nicht mehr. Das habe ich früher oft gemacht und war schnell ausgelaugt. Bis jetzt gelingt es mir. Obwohl ich heute schon zweimal bei Frank gewesen bin.
   Heute darf er wieder essen. Das ist ihm so wichtig. Er isst sehr viel und oft. Eigentlich soll er nur Brei essen. Doch sieht er auf dem Flur Kuchen stehen, nimmt sich ein Stück davon, marschiert ins Zimmer und isst es mit Genuss. Obwohl ihm das Kauen weh tut und ihn anstrengt, ist er glücklich.

24. Februar
Ich bin täglich sechs bis zehn Stunden im Krankenhaus. Am Abend gehen wir gemeinsam ins Kino, obwohl es Frank nicht so gut geht. Die Ohrspeicheldrüse wurde sehr wahrscheinlich angeritzt. Er hört schlecht. Auch wurde heute der Redon entfernt. Jetzt schwillt die Narbe an, und wenn Frank drauf drückt, kommt seröse Flüssigkeit heraus. Es tut ihm weh und spannt.

25. Februar
Ich bekomme so langsam den Krankenhauskoller, doch unternehme ich nichts dagegen. Leider beachtet Frank mich nicht mehr so, wie seinen restlichen Besuch. Das ist auch klar. Ich bin immer da, während der Besuch nur mal kurz vorbei schaut. Und zu allem Überfluss ist Frank aggressiv. Das ist okay, nur bin ich diejenige, die seine Aggressionen zu spüren bekomme. So gehe ich aus dem

Zimmer und mache einen Spaziergang, um mich zu beruhigen. Als ich wieder zurück komme, reden wir über das Geschehene. Doch fühle ich mich nicht gehört. Frank ist manchmal so in seine Gedanken vertieft, dass er keine anderen Gedanken hören oder aufnehmen kann. Dann endlich weint er.

26. Februar

Es geht mir nicht so gut. Da ist die Angst, dass die Beziehung mit Frank keine Zukunft hat. Angst mehr zu geben, als ich zurück bekomme. Ich liege im Bett und weine. Es kommt einfach über mich.

27. Februar

Es geht mir besser. Wir machen einen Spaziergang am Meer entlang und gehen danach essen. Frank wird von der Krankenhauskost nicht satt. Wir gehen zum Italiener. Er bestellt sich einen Brokkoliauflauf. Er ist relativ weich gekocht. Ich esse eine Pizza. Plötzlich kracht es enorm laut. Wir schrecken beide hoch. Ich schaue in Franks Mund nach, sehe nichts auffälliges, auch er selbst hat nicht mehr Schmerzen als sonst. So essen wir in Ruhe weiter und gehen anschließend Arm in Arm zurück.

28. Februar

Draußen ist es grau und regnerisch. Doch das macht nichts. Oft scheint die Sonne am blauen Himmel, und die Wolken ziehen rasant schnell dahin. Nur der Temperaturunterschied vom Norden zum Süden ist enorm. Neun Grad sind es hier oben und 20 Grad bei mir zu Hause.

Ich versuche Frank telefonisch zu erreichen. Er scheint nicht in seinem Zimmer zu sein. So setze ich mich ins Auto und fahre ins Krankenhaus. Er ist tatsächlich nicht im Zimmer. Im Schwesternzimmer erfahre ich, dass sein Unterkiefer gebrochen ist. Jetzt wird dieser geschient. Keine Ahnung, wie ich mir das vorzustellen habe.

Als er endlich zurück kommt, hat er eine große Spange im Mund, womit die Zähne unten und oben fest verbunden sind. Er kann den Mund nur ein wenig öffnen und somit kaum noch sprechen. Es fällt schwer, ihn zu verstehen. Er ist fix und fertig und klingelt doch gleich nach dem Essen. Die Schwester kommt mit einer großen Magenspritze und einer Suppe. Diese spritzt er sich seitlich in den Mund. Es sieht nicht schön aus.

29. Februar
Heute Morgen kommt Frank nach Hause. Gleich stürzt er in die Küche und bereitet sich ein Essen zu: gedrückte Bananen mit Sahne und »isst« dieses mit der großen Spritze.

Nach dem Ruhen machen wir eine Radtour, die mich anstrengt, da Frank sehr schnell fährt. Woher nimmt er diese unglaubliche Kraft in allen möglichen Situationen Fahrrad zu fahren? Ich vergesse, dass er Triathlet ist und Fahrradfahren sein Lebensinhalt ist.

1. März
Frank ist abweisend zu mir, redet mit lauter Stimme, diskutiert über irgendwelche Sachen und hat kein freundliches Wort für mich. Ich denke nicht daran, dass es ihm genau so schlecht geht wie mir, vielleicht sogar noch schlechter.

2. März
Wieder fahren wir Fahrrad. Frank meckert die ganze Zeit an mir herum, wie ich die Gangschaltung bediene. Ich fahre zu seiner Wohnung, stelle mich ans Fenster und weiß plötzlich, was ich zu tun habe. Ich rufe die Bahn an und erkundige mich, wann der nächste Zug Richtung Heimat fährt. Als Frank kommt, entschuldigt er sich für seine »Ungerechtigkeit«.

3. März
Frank steht am Morgen auf, zieht seine Jacke an und geht, ohne ein Wort zu sagen. Ich vermute, dass er zum Fädenziehen geht. Ich entschließe mich kurzerhand einen Tagesausflug zu machen. So laufe ich los Richtung Meer. Mir fällt auf, dass ich kaum mit Menschen zusammen bin. Ich kenne ja auch fast niemanden. Mir fehlt das Gespräch mit gesunden Menschen. Ich bin nur von Krankheit umgeben. Es gibt keinen normalen Alltag mehr. Alles ist ausgerichtet auf die Krankheit von Frank.

Am Abend lädt Frank mich zu meinem ersten Sinfonie-Konzert ein. Es ist ein Hochgenuss für meine Ohren. Anschließend gehen wir in eine Kneipe und treffen Freunde von Frank. Wir philosophieren über viele Dinge. Wieder wird mir klar, wie sehr mir das fehlt in der letzten Zeit.

4. März

Ich fühle, dass Frank froh ist, wenn ich fahre, auch wenn er das Gegenteil sagt. Wir haben es gerade sehr schwer miteinander.

Wieder sitze ich im Zug und fahre zu einer Freundin. Als ich dort bin, fühle ich meine Erschöpfung. Ich schlafe sehr viel.

5. März

Am Nachmittag mache ich eine Erdbeertorte, über die sich natürlich alle freuen. Am Abend, als die Kinder im Bett sind, machen wir zu zweit einen Spaziergang, dabei sehen wir eine wunderschöne, lange, mit einem dicken Schweif leuchtende Sternschnuppe.

6. März

Am Abend sind wir zu dritt und haben eine wundervolle Leichtigkeit miteinander. Wir lachen sehr viel, auch über uns. Das ist einfach herrlich. Wir reden über unser Innerstes und lassen den anderen daran teilhaben. Wir haben so was wie eine Dreieinigkeit. Nachts um halb eins rufe ich Frank an. Er ist vor dem Fernseher eingeschlafen. Ich erzähle ihm von der Leichtigkeit und schicke ihm ein wenig durch das Telefon davon. Es scheint, als komme sie sogar an.

7. März

Endlich fahre ich wieder nach Hause. Es scheint mir eine Ewigkeit vergangen zu sein, so viel habe ich wieder erlebt. Die Zeit geht anders, wenn eine Krebserkrankung im Raum steht. Zu Hause angekommen, fühle ich mich sehr wohl in meiner Wohnung.

9. März

Ich bin bei der homöopathischen Ärztin. Ich fühle mich aufgehoben bei ihr. Sie nimmt mich ernst, und ich kann mich ihr anvertrauen. Ich habe das Bedürfnis, über die Krebserkrankung zu reden, und sie hört mir einfach zu.

11. März
Die Kinder meiner Schwester sind da. Wir haben es sehr schön miteinander, und ich bin froh, nicht alleine zu sein.

13. März
Es ist schon März. Kaum zu glauben. Heute geht es mir gut. Am Morgen fahre ich mit meinem neuen Rad und dem Pulsmesser. Die Durchschnittsfrequenz ist 125 Schläge pro Minute. Das ist sehr gut. Es fällt mir schon etwas leichter, langsamer zu fahren und zu laufen.

14. März
Es gibt Tage, so wie heute, da bin ich einfach nur traurig wegen der Krankheit Krebs. Sie ist negativ, stark, impulsiv, explosiv, sie macht leer, raubt Kraft, erschöpft, laugt aus. Ich will Frank nicht verlieren. Ich will eine Beziehung mit ihm leben. Was soll der Krebs bedeuten?

Frank will zu mir kommen. Er weiß allerdings nicht wann, vielleicht nächste Woche schon. Er will sich hier weiterbehandeln lassen, damit wir nicht so weit voneinander getrennt sind.

Ich glaube, wir gehen beide vorsichtig damit um, wie es ist, wenn er hier ist. Wir machen uns beide unabhängig davon Gedanken darüber, wie wir die Zeit nutzen. Mein Vorschlag ist, dass wir uns gemeinsam hinsetzen und aufschreiben, was wir gerne zusammen und alleine tun möchten. Frank möchte mitmachen. Ich freue mich jetzt, wenn Frank kommt. Heute hatte ich Sorgen wegen meinem Helfersyndrom, Angst davor, dass ich von meinen eigenen Entscheidungen, für andere da zu sein, überrollt werde. Frank ist eine große Chance für mich. Ich nehme sie an. Bis jetzt habe ich das sichere Gefühl, dass Frank diese Chance auch wahrnimmt.

15. März
Ich habe Kopfschmerzen. Immer diese Fragen, die nichts bringen! Ich will mich anlehnen und wünsche mir, dass jemand meinen Kopf in seinen Händen hält.

17. März

Es ist Nachmittag und Frank ruft an. Er kommt am Montag. Das löst sofort Freude aber auch Angst aus. Angst davor, dass ich das Bedürfnis habe, mich anzulehnen, aber Frank nicht bereit dazu ist. Ich teile ihm meine Angst mit. Er ist verärgert und sagt: »Du kannst dich an mich anlehnen.« Daraufhin weine ich sofort. Frank sagt: »Du musst nur sagen: »Anlehnen«, und es dann tun.« So leicht ist das also. Ich werde es probieren! Seither ist meine Angst weg.

Es ist 23:07 Uhr, und ich spreche kurz mit Frank. Seine Kinder sind bei ihm. Eigentlich sind sie erst nächste Woche dran. Vielleicht weil er zu mir kommt? Ja, bestimmt. Er ist heute beim Radiologen gewesen. Das bringt schlechte Nachrichten: sechs Wochen, fünf Tage in der Woche Bestrahlung. Frank fragt mich, ob ich wüsste, worauf ich mich da einlassen würde. Ich überlege jetzt. Ich weiß nicht genau, worauf ich mich einlasse. Ich weiß, es wird eine schwere, harte Zeit für uns beide, und ich bin bereit, dass Frank hierher kommt. Ich bin bereit für die Bestrahlung, für die Last, für die Schwere, für die Krankheit, für das Neue, für das Zusammensein mit Frank. Ich bin bereit zu lernen, was es jetzt zu lernen gibt.

Ich bin auch traurig, weil Frank diese Erkrankung hat. Ich bin traurig, weil unser Anfang so schwer ist. Wird es danach leichter? Ich sehne mich nach Leichtigkeit. Ich werde Leichtigkeit finden. Ohne Schwere gibt es keine Leichtigkeit.

20. März

Frank kommt heute! Ich freue mich sehr. Um 22:42 Uhr kommt sein Zug hier an. Er bringt sein Fahrrad mit. Vollgepackt bis oben hin, steigt er aus dem Zug. Er sieht schlecht aus. Wir wissen noch nicht, dass das seine letzte Zugfahrt sein wird.

24. März

Wir haben Verständigungsprobleme. Ich bin sehr verletzt, da er eine beleidigende Sprache hat: »Du kotzt mich an.«, oder: »Beweg deinen lahmen Arsch.«

26. März

Bis zum Beginn der Krankheit spürte ich Sicherheit und diese tiefe und innige Liebe noch. Doch seit der Krebserkrankung ist Frank fast ausschließlich mit sich selbst beschäftigt. Er fährt Fahrrad und bereitet sein Essen zu, wie gehabt Bananen oder Brokkoli mit Sahne und spritzt sich das mit einer großen Spritze seitlich in den Mund. Noch immer trägt er die Spange, die seinen Kiefer zusammen hält.

27. März

Heute nimmt er mich einmal in seine Arme, das tut sehr gut. Ich brauche das.

28. März

Heute morgen begleite ich Frank in die Radiologie der Uniklinik. Wir müssen wie immer lange warten. Irgendwann kommt der Oberarzt, ein älterer freundlicher Strahlentherapeut. Da er immer wieder um Rat gefragt wird, muss er während dem Erstgespräch oft hinaus gehen. Er erklärt es gut, warum bei Frank eine Strahlentherapie notwendig ist.

1. Weil in einem kleinen Lymphknoten eine Metastase war, die bei der ersten Operation entfernt wurde und
2. weil der Krebs immer noch im Unterkieferknochen ist. Und aus Sicherheitsgründen will man nun bestrahlen. Die Bestrahlung an sich dauert sechseinhalb Wochen jeden Tag, außer Samstag und Sonntag. Die Nebenwirkungen sind trockene Mundschleimhaut, das auch so bleiben wird, innerlich sowie auf der Haut Sonnenbrand und kein Geschmacksempfinden, was jedoch abklingt. Sehr wahrscheinlich bekommt er für diese Zeit eine Magensonde, da es zu Schluckbeschwerden kommt.

Wie geht es mir bei der ganzen Sache?

Zurzeit verstehen wir uns. Heute Abend konnten wir sogar miteinander streiten, ohne dass wir böse auseinander gehen. Es geht um den Kakao, den ich mit Honig trinke. Franks Meinung ist, dass das widerlich schmecken muss.

Ich frage ihn: »Möchtest du mal probieren?«

»Nein, ums Verrecken nicht.«

Das macht mich stutzig. »Wie kannst du eine Meinung über etwas haben, was du nicht kennst?«

»Ich kann mir das vorstellen. Ich weiß, wie Kakao schmeckt und wie Honig schmeckt.«

»Ich finde es einfach schade, dass du nicht offen dafür bist, dir eine wirkliche Meinung zu bilden, indem du es probierst. Ich erlebe das öfter bei dir, dass du eine Meinung hast, ohne darüber Bescheid zu wissen.«

Das Gespräch hat in einem guten Ton stattgefunden.

29. März
Die rechte Gesichtshälfte schwillt weiterhin an, und Frank hat große Schmerzen. Ich bringe ihn in die Zahn- und Kieferklinik. Die Ärzte dort müssen mitentscheiden, wann bestrahlt werden kann und wann die Kieferschiene entfernt wird. Es ist besser, ohne sie zu bestrahlen. Und der Zahnarzt muss gucken, ob kranke Zähne entfernt werden müssen.

1. April
Frank muss stationär in die Klinik. Die Ärzte meinen, die geschwollene Gesichtshälfte ist entzündet. So wird Frank vor der Bestrahlung zuerst mit Antibiotika behandelt.

3. April
Tja, nun ist er weg. Beim Abschied sagt er: »Ich liebe dich.«

5. April
Ich bin so krank, dass ich im Bett liegen muss. Mein Kopf schmerzt, mein Magen und mein Darm rebellieren, und ich fühle mich sehr schwach.

7. April
Christel kommt mich besuchen, bringt mir Obst und kocht mir ein Stückchen Fleisch, das ich mit Heißhunger esse.

8. April
Mittlerweile sitze ich am offenen Küchenfenster. Die Sonne geht gerade unter. Die Berge sind in ein wunderbares orangenes Licht getaucht.

10. April
Frank hat mir erlaubt, mit seinem Rennrad zu fahren. Ich habe große Freude daran, auch wenn es noch langsam vorwärts geht.

13. April
Frank geht es weiterhin schlecht. Er nimmt mittlerweile Novalgin gegen die Schmerzen.

16. April
Frank kommt heute Abend gegen 22 Uhr. Es geht ihm schlecht. Seine rechte Gesichtshälfte ist sehr geschwollen.

17. April
Heute Morgen beim Frühstück sagt er: »Ich habe Angst, dass ich mit meinen Kindern nicht mehr in Urlaub gehen kann.« Wir haben kurz über den Tod gesprochen. Ich sage ihm, dass es für mich auch schlimm wäre, wenn er sterben würde, und dass ich finde, dass es für die Zurückgebliebenen schwieriger ist als für den Sterbenden. Ach, es ist so schwer.

Am Abend geht er zurück in die Uniklinik. Die Ärzte denken, er hat einen Abszess, der mit Antibiotika behandelt werden muss. Danach wird er operiert werden. Der restliche Unterkiefer soll entfernt und ein Stück Knochen von der Wade in den Kiefer eingesetzt werden. Erst danach kann bestrahlt werden.

18. April
Spät am Abend telefoniere ich mit Frank. Wir reden über Entwicklung, über Schicksal, über Krankheit und Gesundheit. Frank kennt sein Schicksal nicht. Ich kenne meines: glücklich und zufrieden leben.

Ich sage: »Wenn du nicht gesund werden willst, (Betonung auf »willst«) wird das Konsequenzen für unsere Beziehung haben.«

»Willst du mit mir Schluss machen?«

»Nein, solange ich spüre, dass du mich liebst, werde ich alle Schwere, die kommt, tragen können. Ich will nicht mit dir Schluss machen, weil ich dich liebe, Frank.« Hoffentlich hat er mich verstanden.

20. April
SMS von Frank an einen Freund im Norden: »*Hallo, soll um 11:00 in OP: Plattenversorgung, Unterkiefer Schmerz und Schwellung Fühl mich schwach Gruß an alle Frank Draußen Frühling.*«
Frank wird heute zum zweiten Mal operiert. Dabei haben sie Gewebeproben entnommen. Es ist kein Abszess, und er hat keine Entzündung, wie angenommen. Warum ist seine Wange dann so geschwollen? Warum wurde er jetzt operiert? Ich verstehe das nicht.

21. April
Schon seit Tagen schlafe ich sehr schlecht ein. Es ist schrecklich stundenlang wach im Bett zu liegen. Hat Frank immer noch Krebs? Ich will es nicht glauben.

25. April
Heute haben wir den Histologiebefund erfahren. Krebs!!
Am 10. Mai hat er den neuen großen Operations-Termin. Die Ärzte rechnen mit vielen Arbeitsstunden. Die rechte Gesichtshälfte soll so wenig wie möglich und doch so viel wie nötig entfernt werden. Dafür wird vom Rücken ein Stück Haut entfernt und am Gesicht implantiert. Es wurde noch nie so ein großes Hautstück transplantiert. Doch die Ärzte rechnen mit Erfolg.
Wir haben heute über Loslassen geredet.

28. April
Gleich kommt Frank. Wir fahren zusammen mit dem Auto in den Norden. Er will seine Kinder und Freunde noch mal sehen.

29. April
Frank schenkt seinem Sohn ein Rennrad und seiner Tochter eine Stereoanlage. »Wir feiern heute Weihnachten.«, sagt er. Wir sind von morgens bis abends bei Freunden eingeladen. Alle wissen,

dass es ein Abschied für immer sein kann. Keiner weiß, was nach dieser Riesen-Operation sein wird.

2. Mai
Frank ist wieder in der Klinik. »Ich bin froh, dass du in meiner Nähe bist.«, sagt er eben am Telefon. Leider sagt er das eher selten in der letzten Zeit. Die meisten an mich gewandten Worte sind negativ.

3. Mai
Frank geht oft nicht liebevoll mit mir um. Ich ertrage das. Jedoch fange ich bereits in seiner Nähe an zu weinen. Ich kann nicht mehr so gut schlechte Energie ertragen wie früher. Frank hat Angst vor dem Krebs. Ich habe Angst, dass er stirbt.

Ich hole ihn aus dem Krankenhaus in meine Wohnung. Dort telefoniert er stundenlang mit seinen Freunden. Ich komme mir überflüssig vor und spüre Wut und Traurigkeit, kann sie jedoch nicht zulassen. Ich fühle mich einsam.

4. Mai
Ich habe es sehr schwer. Ich bin kraftlos. Mir fehlt der Appetit. Ich weine viel. Ich bin traurig. Eben habe ich Christel gesehen. Das tut mir jedes Mal sehr gut. Sie ist so warm. Wieder zu Hause komme ich endlich dazu, die Taschen von letzter Woche auszupacken, die Wohnung auf zu räumen, zu kehren und zu putzen.

5. Mai
Ich fahre mit dem Rad zu meiner Ärztin. Vorher treffe ich einen Arzt aus der Gemeinschaftspraxis für Naturheilverfahren. Ich frage ihn, ob er Krebspatienten behandelt. Ja, er hat sogar eine Ausbildung in Psychoonkologie, und in seiner Doktorarbeit beschäftigte er sich auch mit Onkologie. Wie schön! Ich freue mich sehr darüber, dass stets die richtigen Menschen in mein Leben treten. Ich teile dies alles Frank mit Freuden mit. Doch, ob er die Chance wahrnimmt?

6. Mai

Lieber Freund,

ich möchte jammern, seufzen, schreien. Doch es bleibt beim Weinen.

Wieder einmal habe ich mir einen kranken Mann ausgesucht, von dem ich mir mein Leben bestimmen lasse. Wo bleibt meine Autonomie? Oder habe ich gar keine? Hatte ich sie jemals? Ich habe ja immer so viel Verständnis für andere und nehme Rücksicht. Dabei habe ich das Gefühl, dass es langsam an der Zeit ist, dass ich für mich Verständnis habe und Rücksicht übe. Den Weg zu mir scheine ich mir selbst zu versperren mit schweren Ereignissen, die mich einholen.

Jammere ich jetzt doch?

Was ich jetzt am dringendsten brauche, ist Kraft.

Denn diese Krebserkrankung zieht mir alle Kraft ab. Ich spüre die sehr große negative Energie, die diese Krankheit verbreitet. Und leider kann ich mich nicht schützen, denn ich weiß nicht wie. Manchmal fühle ich mich so, als hätte ich selber diese Erkrankung. Mir fehlen alle Grenzen.

Wo sind sie?

Wie kann ich sie aufbauen?

Was ist die Grundessenz der Grenzen?

Wo hole ich das Material her?

Frank ist sehr erschöpft. Er baut körperlich immer mehr ab. Nach einer halben Stunde Radfahren braucht er eine Pause. Nach einer weiteren halben Stunde legt er sich ins Bett. So auch jetzt.

Er hat große Schmerzen, die immer größer werden. Der Tumor wächst. Selbst ich kann es von außen sehen, wie er beständig größer wird. Das bringt ihm den Tod ein Stück näher und mir auch. Er hat einen der bösartigsten Krebsarten, die es gibt. Was will mir das bloß sagen? Dass ich dieses Muster »kranker Freund« endlich durchbreche?

Ja, das will ich tun.

Dass ich endlich anfange Grenzen zu bauen? Ja, das will ich auch tun. Ach, ich lerne ja so gerne praktisch! Ha, ha.

Ich spüre, dass es mir jetzt besser geht. Ich hoffe, Dir geht es gut. Am Montag werde ich zum Geburtstag meiner Mutter fahren. Hoffentlich wird es mich nicht soviel Kraft kosten, und ich hoffe, dort ein wenig Kraft zu schöpfen.

Jetzt umarme ich dich ganz besonders und danke Dir dafür, dass Du mir zugehört hast.

Annemarie

8. Mai

Ich bin in meinem Geburtsort und fühle mich sehr wohl. Hier ist Abstand, und alle freuen sich, mich zu sehen.

»Ich habe dich sehr sehr lieb.«, sagt Frank eben am Telefon. Darüber freue ich mich sehr. Da weiß ich noch nicht, dass dies das Letzte mal ist, dass Frank mit mir redet.

10. Mai

Heute wird Frank operiert. Es dauert viele Stunden. Ich warte.

Gegen 18 Uhr fahre ich in die Uniklinik und suche Frank. Er ist immer noch im Operationssaal. So fahre ich traurig nach Hause und telefoniere stündlich mit der Intensivstation. Bis halb zwei in der Nacht. Doch Frank ist immer noch im OP. Ich versuche zu schlafen, bin in Gedanken jedoch im Operationssaal und frage mich, was man so viele Stunden operieren kann.

11. Mai

Heute Morgen gegen acht Uhr rufe ich in der Uniklinik an, um nach Frank zu fragen. Bis halb drei heute Nacht ist er im Operationssaal gewesen. »Er hat einen stabilen Zustand und wird heute noch zurück verlegt auf seine Station.«, sagt der Intensivarzt zu mir. Gegen zehn Uhr stehe ich auf, frühstücke und fahre mit dem Rad zu meiner Ärztin. Um halb zwei komme ich zurück. Eine Stunde später fahre ich mit dem Rad zum Baggersee. Leider bin ich zu lange dort, denn seitdem habe ich Kopfweh.

Kurz nach 18 Uhr fahre ich mit dem Zug in die Uniklinik. Die Schwester bereitet mich auf Frank vor. Das ist auch gut gewesen. Denn er sieht schlimmer aus, als ich es mir vorstellte. Er hat eine sehr große Hautverpflanzung bekommen, zweimal so groß wie meine Hand. Die Haut wurde von der rechten Seite seines Rücken entnommen. Sein Hals ist geschwollener als sein Kopf groß ist. Überall Narben, überall Blut. Er ist ziemlich unbeweglich, kann nicht sprechen. Die Schwester hat ihm ein Alphabet gemalt, so kann er Wörter und Sätze zeigen. Er ist ansprechbar und hat sich sehr gefreut, als ich komme. Er ist wacher als andere Patienten in seiner Lage, obwohl er insgesamt 18 Stunden im OP war! Das ist eine unvorstellbar lange Zeit.

Um viertel vor neun hetze ich auf den Zug, der dann 14 Minuten Verspätung hat. Kurz vor Zehn komme ich zu Hause an. Dort telefoniere ich mit Franks Freunden. Manche rufen täglich an und schicken mir liebe Grüße und Kraft. Danach ruft der Bruder an. Ich rede gerne mit ihm, obwohl wir uns nicht persönlich kennen.

12. Mai

Am Vormittag ist ein Anruf vom Klinikum auf meinem Anrufbeantworter. Frank möchte mich nicht sehen und keinen Besuch empfangen. Sie melden sich, wenn er sich anders entscheidet. Ich rufe sofort zurück, um nach dem Grund zu fragen. Und ich frage, ob er einverstanden ist, wenn ich kurz vorbeikomme. Ja, das ist er dann doch. So mache ich mich auf den Weg. Warum, aus welchem Grund, will er mich nicht sehen? Es verletzt mich, auch wenn ich mir Mühe gebe, nicht verletzt zu sein.

13. Mai

Am Abend bin ich auf einem Geburtstag eingeladen. Es ist eine Qual für mich, weil ich all die gesunden Leute sehe, und vor meinen Augen sehe ich Frank, wie er daliegt, unbeweglich und am Verbluten. Zu Hause heule ich wie ein Klageweib. Es ist fast nicht zu ertragen, was ich sehe. Ich spüre, dass ich Hilfe brauche. Ich brauche jemanden, der mich in die Arme nimmt.

14. Mai

Heute komme ich um 18:15 Uhr in die Klinik. Doch er will mich nicht sehen. Ich werde ärgerlich und teile dies auch den Schwestern mit. »Ich fahre über eine Stunde mit dem Zug, damit ich vor seiner Tür warten muss. Wenn er mich jetzt nicht hereinlässt, werde ich wieder gehen.« Die Schwestern teilen dies Frank mit, und ich darf in sein Zimmer.

Frank sieht ganz furchtbar aus. Sein Gesicht, alles, die Augen, die Lippen, sogar der Hinterkopf sind geschwollen. Auch sind Ödeme im linken Arm und beiden Beinen. Der Hautlappen hat keinen venösen Abgang. Deshalb läuft überall Blut heraus und Blutegel werden angesetzt. Der Hautlappen sieht noch furchtbarer aus. Frank hat viele Schmerzen. Durch die Schwellungen hört und sieht er schlecht. Er kann seinen Kopf nicht alleine bewegen. Er bekommt täglich mehrere Blut-Transfusionen! Als ich ihn frage, ob ich morgen wieder kommen soll, da zuckt er nur mit den Schultern. Er macht keine klare Aussage. Es wäre mir lieber, er sagt »Nein«, anstatt dieses unschlüssige Zucken.

Ich bin sehr froh, dass ich Christel habe. Sie ist für mich da. Als ich vom Bahnhof komme, besuche ich sie kurz. Sie nimmt mich in ihre Arme und sagt: »Das tut mir gut, wenn du zu mir kommst, wenn du mich an deinem Schmerz teilhaben lässt.« Sie ist ein Engel für mich.

Ich lerne durch Schmerzen. Müssen sie immer so weh tun? Müssen sie immer in so einer Konzentration auf mich einwirken?

15. Mai

Ich rufe Frank an und frage ihn, ob ich willkommen bin. Er hält den Daumen in die Höhe. Das ist das Zeichen für »Ja«. Ich fahre wieder mit dem Zug in die Stadt und laufe zur Uniklinik, sogar mit einem guten Gefühl. Denn ich habe Frank die Chance gegeben, »Nein« zu sagen. Er ist sehr schläfrig die erste Stunde. Ich sitze einfach bei ihm und halte seine Hand. Danach lese ich ihm aus einem Buch vor. »Heile dich selbst«, oder so ähnlich heißt es. Ich glaube und fühle, dass Frank sterben wird.

Er zeigt einmal mit seiner linken Hand auf sein Herz zu meinem Herzen hin. Und ich darf meinen Kopf vorsichtig an seinen Kopf lehnen. Das tut uns beiden sehr gut. Danach ist Frank wacher, fällt mir im Nachhinein ein.

Er sieht viel besser aus heute. Ich kann ihn zum ersten Mal als Frank erkennen. Sein Gesicht ist weniger geschwollen, dafür sind die Extremitäten mehr geschwollen. Der Blutdruck ist wieder normal. Heute steht er einmal kurz und wackelig vor dem Bett. Ein zweites Mal will er nicht aufstehen. Seinen rechten Arm kann er mit Hilfe des linken Armes anheben. Den Kopf kann er minimal anheben. Der Hautlappen sieht immer noch furchtbar aus. Und es blutet nach wie vor überall raus.

Ich fühle mich heute beachtet von ihm. Erwarte ich zuviel? Ich glaube, ich werde es immer schwer mit Frank haben. Er ist sehr mit sich selbst beschäftigt. Er steht gerne im Mittelpunkt. Es macht ihm nichts aus, wenn die Schwestern andauernd an ihm herummachen. D. h. sie waschen ihn, säubern die Wunden, wechseln die durchgebluteten Kompressen aus, die Infusionen u.s.w. Mich würde das stören. Mir wäre das zuviel. So ist das unterschiedlich. Frank war noch nie so hilflos wie jetzt.

Im Zug kommt mir der Gedanke, morgen nicht in die Klinik zu fahren und auch nicht anzurufen. Habe ich mir zuviel vorgenommen? Mal sehen.

Auch habe ich eine große Sehnsucht danach, dass jemand hinter mir liegt, mich wärmt, beschützt, Geborgenheit schenkt und mir Sicherheit gibt. So bin ich eben vom Bahnhof direkt zu einer Freundin gefahren. Ich habe heute morgen schon mal auf ihren Anrufbeantworter gesprochen. Als ich bei ihr ankomme, nimmt sie mich sofort in ihre Arme, und ich weine. Unter Tränen teile ich ihr meinen Wunsch mit, und sie erfüllt ihn mir sofort. So liegen wir bestimmt 20 Minuten. Zuerst weine ich mich aus, dann fühle ich die Wohltat, und dann reden wir noch etwas miteinander. »Du hast dir eine schwere Lektion ausgesucht.«, sagt sie. Wie wahr, wie wahr. Jetzt geht es mir richtig gut, und ich bin stolz auf mich, dass ich es geschafft habe, meinen Wunsch zu äußern.

16. Mai

Ich habe es geschafft und bin nicht zu Frank gefahren. Es ist mir jedoch sehr schwer gefallen. Wenn eine Freundin mich nicht besucht hätte, wäre ich wohl doch zu ihm gefahren.

Heute Morgen lese ich sehr lange ein Buch im Bett. Das tut mir richtig gut. Dann spüle ich endlich mal das Geschirr ab. Das steht schon seit letzter Woche da. Gegen drei Uhr fahre ich zum Baggersee, schwimme eine Runde, ziehe mich aus und liege nackt auf der Decke. Das genieße ich sehr. Anschließend putze ich endlich mein Rad. Auf dem Nachhauseweg weine ich. Ich schreie ein paar mal ganz laut: »Nein«. Das beruhigt mich.

Kaum zu Hause angelangt, klingelt das Telefon. Der Onkel von Frank ruft an und erzählt mir, dass Frank am späten Vormittag auf die Intensiv verlegt wurde, wegen den Nieren. Das ist gut, dass er dort ist. Seine Ödeme haben mir Sorgen gemacht. Ich rufe gleich dort an, um zu hören, wie es Frank geht. Nicht so gut, lässt er ausrichten. Ich frage, ob ich morgen willkommen bin. Da schüttelt er den Kopf, doch will er was schreiben. Ich warte. Er schreibt: »Sofort«. Ich frage den Pfleger, der mir übersetzt, wie lange ich heute noch kommen könnte. Nur bis 21 Uhr ist Besuchszeit, und es ist bereits 20:15 Uhr, und ich habe Besuch. So sage ich, dass ich erst morgen komme.

Das ist ein komisches Gefühl. Ich habe »Nein« zu Frank gesagt. Das ist neu. Ich darf mich abgrenzen. Ich muss mich abgrenzen! Ich darf für mich sorgen. Das ist auch das, was Frank will. Die Freundin meint, dass Frank mich wohl sehr liebt, weil er sich mir nicht immer so zumuten will, wenn er mich nicht empfangen will. Vielleicht. Sie tut mir sehr gut. Auch sie frage ich, ob sie sich hinter mich legt. Ja, sie will es. Sie bleibt zwei Stunden. Ich kann immer wieder meinen Kopf an sie anlehnen. Das tut so wunderbar gut. Ich darf sie wieder anrufen, und sie will wieder kommen.

17. Mai

Frank will jetzt doch, dass ihn sein Bruder besucht. Gegen drei Uhr wird er in der Klinik sein.

Ich besuche Frank auf der Intensivstation. Er sieht schlecht aus. Medizinisch wird er dort besser betreut, menschlich jedoch überhaupt nicht. Er teilt sich nur wenig mit. Doch ich spüre, dass er sich freut, mich zu sehen. Die Atmosphäre ist ganz schrecklich. Überall Apparate, die piepsen, furchtbar. Franks Blutdruck und Puls sind hoch. Seine Ausscheidung ist gering. Er hat überall Ödeme, die größer werden seit Sonntag. Er ist sehr schläfrig.

Dann kommt sein Bruder. Er erkennt Frank nicht! Doch Frank freut sich sehr. Sie halten sich lange die Hand. Irgendwann will Frank etwas trinken. Wir geben ihm Tee durch die Magensonde. Er kann noch nicht schlucken. Dann will er, dass wir ihm mit einem kalten Waschlappen den Körper abreiben. Frank wird ganz schnell sehr ungeduldig und hat dann einen zornigen Blick. Es dauert ihm alles zu lang.

Er kommt mir sehr energielos vor, deshalb frage ich, wie viele Kalorien er täglich bekommt. Nur 2000! Das ist viel zu wenig. Vor der Operation hat er sich mindestens 4000 Kalorien zugeführt. Das sage ich der Ärztin. Sie ist sehr unfreundlich. »Jetzt braucht er keine 4000 Kalorien, außerdem darf er nicht soviel Flüssigkeit zuführen.«

Nach fünf Stunden dort, bin ich erschöpft und ausgelaugt. Mir ist zum Weinen. Ich habe nur gefrühstückt. So wollen wir uns von Frank verabschieden. Doch Frank will uns nicht gehen lassen. Er schreibt: »*Ich habe mich noch nie so alleine gefühlt*«, und »*Ich habe Angst zu sterben.*«

Jetzt hat er es endlich ausgesprochen. Der Bruder sagt: »Ach was, denk nicht daran.« Ich sage: »Ja, Frank, ich habe auch Angst, dass du stirbst.« Als wir Frank versprechen noch mal vorbei zu kommen, lässt er uns gehen. Mir tut das Herz weh. Um zehn Uhr gehen wir noch mal hin.

Weil der Flug des Bruders erst am nächsten Tag zurück geht, lade ich ihn ein bei mir zu übernachten. Bei mir zu Hause reden wir noch bis halb zwei in der Nacht und trinken Rotwein. Mir tut es gut, nicht alleine zu sein. Wir verstehen uns sehr gut.

Lieber Frank,
ich möchte Dir schreiben, wie es mir zur Zeit geht. Ich habe es gerade sehr schwer. Am Abend, wenn ich alleine hier zu Hause bin, bricht eine große Traurigkeit über mich herein. Ich fühle mich dann sehr einsam und alleine. Ich sehne mich nach Trost, nach Geborgenheit, nach Hilfe in dieser schweren Zeit. Ich sehne mich danach, in den Arm genommen zu werden.

Und ich fühle mich ständig »dazwischen«. Ich stehe zwischen Dir und mir. Einerseits will ich Dir Gutes tun und für Dich da sein und andererseits mir Gutes tun. Das zweite fällt mir sehr schwer, weil ich es nicht gelernt habe, an mich zu denken. Ich komme mir vor wie ein Erstklässler, der etwas praktisch tun soll, was er nie zuvor getan hat. Ich spüre z. B., dass es mir nicht gut tut, wenn ich fünf Stunden bei Dir auf der Intensivstation bin. Es laugt mich aus dort. Gleichzeitig sehne ich mich nach Dir. Ich möchte gerne in Deiner Nähe sein. Ich möchte Dir was vorlesen. Ich möchte Dich begleiten auf Deinem schweren Weg.

Dann stehe ich zwischen Dir und dem Pflegepersonal. Ich kann Euch beide verstehen. Du möchtest etwas trinken. Die wollen zuerst in Deinen Magen schauen, wie viel Flüssigkeit noch darin ist, weil sie Angst vor dem Erbrechen haben oder weil alles bilanziert werden muss, da die Ausscheidung noch nicht richtig in Gang gesetzt ist. Du möchtest sofort einen Eisbeutel. Die Schwestern sind jedoch gerade mit etwas anderem beschäftigt. Auch habe ich Angst davor, dass Du sterben könntest. Denn ich bleibe zurück.

Ich versuche an Energie heranzukommen. Ich fahre mit dem Rad zum Baggersee, springe hinein und lege mich dann nackt auf die Decke. So fühle ich mich mit allem verbunden. *Es ist alles so göttlich, so para-diesisch. Es hält jedoch nur solange an, wie ich dort liege. Fahre ich zurück, fange ich an zu weinen, weil ich Dich vor mir sehe. Du liegst so unbeweglich da. Das tut mir sehr leid. Ich weiß, wie wichtig Bewegung für Dich ist. Auch redest Du gerne, und das geht zurzeit ebenfalls nicht. Da ist es kein Wunder, wenn Dir schlechte Gedanken kommen.*

Ich habe viel Verständnis für Dich. Doch manchmal bin ich auch ärgerlich. Einmal war ich sogar wütend. Ich komme extra mit dem Zug zu Dir gefahren, und Du lässt mich nicht ins Zimmer. Warum? Ich habe es nicht verstanden. Es hat mich verletzt. Warum wolltest Du mich nicht sehen? Ich bin daran interessiert, was Du denkst, teile Dich mit. Ich weiß nicht, ob Du daran interessiert bist, was ich denke, doch habe ich jetzt das Bedürfnis, mich mitzuteilen. Im Krankenhaus fällt es mir schwer, über mich zu reden, weil ich dann sehr wahrscheinlich anfangen würde zu weinen.

Ich habe das Bedürfnis meinen Kopf manchmal an Dich zu lehnen, oder ich wünsche mir, dass Du meine Hand hältst. Du bist ein wun-derbarer Mensch, und ich wünsche mir am allermeisten, dass Du den Willen zum Leben hast. Du weißt, dass ich für Dich da bin, so gut ich kann.

In Liebe, Annemarie

18. Mai

Frank ist sehr krank. Ich muss es mir immer wieder sagen.

Ich muss die Krankheit nicht so tragen wie er. Es ist Franks Krankheit, nicht meine! Ich glaube, das ist wichtig für mich zu wissen. Ich werde ihm helfen, und wenn er die Hilfe nicht an-nehmen will oder kann, muss ich mich abgrenzen. Nur wie? Ich werde es noch lernen.

Wenn ich an Frank denke, bin ich traurig. Ich habe Sehnsucht nach ihm. Ich möchte mich am liebsten neben ihn legen und ihn fühlen. Doch da muss ich wohl noch ein paar Tage warten.

Ich werde mit Frank eine gute Partnerschaft leben. Ich hoffe, er macht mit. Ich habe keine Angst mehr, dass er sterben wird. Ich werde ihn solange begleiten, wie ich seine Liebe und Achtung spüre.

19. Mai

Ich bin sehr traurig. Ich weine viel und oft. Es ist alles sehr schwer für mich. Ich bin orientierungslos. Ich rufe eine Freundin aus dem Norden an und weine wieder. Das Gespräch mit ihr tut mir gut. Eine halbe Stunde später ruft sie zurück und sagt, dass sie und ihr Freund nächsten Freitag kommen. Eine andere Freundin habe ich endlich heute erreicht. Ich sage ihr: »Bitte, ich brauche deine Hilfe.« Sie kommt sofort mit ihrem Sohn. Wieder weine ich sehr viel. Sie nimmt mich einfach in den Arm und tröstet mich. Mit einer Psychologin aus der Klinik habe ich auch telefoniert. Sie versucht, eine Psychologin für Frank zu finden.

Mit dem Rad fahre ich zum kleinen Baggersee. Ein wenig kann ich mich dort erholen. Ich fahre noch mal kurz nach Hause und dann zu Frank. Es geht ihm ein winziges bisschen besser als am Dienstag. Und er fühlt sich nicht mehr alleine. Angst vor dem Sterben hat er noch. Er liegt fast völlig bewegungslos im Bett und ist stets müde vom Schmerzmittel. Er bekommt jetzt Morphium.

Frank möchte seinen Freund sehen. So rufe ich ihn an. Er kommt am Freitag und fährt am Montag wieder. Am Samstag kommt ein anderer Freund. Er bleibt bis Sonntag. Dann rufe ich noch den Vater an und sage ihm unter Tränen, dass Frank und ich seine Hilfe brauchen, indem er herkommt, sobald als möglich. Am liebsten am Montag. Später ruft er an, dass er kommt und zwar in zwei Wochen! Ich kann ihm sagen, dass wir seine Hilfe jetzt brauchen und nicht in zwei Wochen. Er hat mich verstanden und kommt am Mittwoch mit seiner Freundin. Ich suche eine Pension für ihn und erkundige mich nach einem Mietauto.

20. Mai

Ich gehe jetzt zu Christel, setze zwei Tomatenstöcke und eine Zucchinipflanze in ihren Garten. Dann zieht es mich zu Frank. Heute will ich mit den Ärzten reden, über den Befund und seinen Kalorienbedarf.

Um halb sieben bin ich auf der Intensivstation. Da sagen sie mir, dass er heute um drei Uhr verlegt wurde, weil »er kein Intensivpatient ist, sondern ein Pflegefall.«

So gehe ich zur Zahnklinik. Dort angekommen, darf ich ihn gar nicht sehen, weil die Anästhesisten bei ihm sind. Sie legen ihm einen Zentralkatheter. Ich spreche mit dem Arzt, der Frank operiert hat. Ein warmherziger Arzt. Ich muss warten. Plötzlich sehe ich wie Frank auf einer Trage rausgefahren wird. Er ist narkotisiert, wegen dem Transport, sagen zwei Ärzte, die mitfahren. Ich darf auch im Krankenwagen zur Intensivstation mit.

Es ist sagenhaft! Frank hatte einen Atemstillstand!

Auf der Intensiv entdecken sie, dass er Wundsekret und Blut aspiriert hat, weil der Tubus nicht geblockt war. Was sucht Frank sich denn noch alles aus? Ich spüre es ganz deutlich: Frank will sterben. Die Belastung ist einfach zu groß für ihn, auch für mich. Er bekommt immer noch täglich zwei Blutkonserven, seit einer Woche schon! Wie kann das ein Mensch nur aushalten? Der Stationsarzt sagt: »Er hat eine gute Konstitution. Ich hätte das nicht überlebt.«

Auf der Intensivstation lege ich meine Hand auf Franks Kopf, bis mich die Stationsärztin bittet, hinauszugehen. Ich warte von viertel nach sieben bis halb neun und lese in der Zeit in Thich Nhat Hanh's Buch. Er beschreibt eine ganz einfache wirkungsvolle Atemübung. Und zwar denke ich beim Einatmen »ein« und beim Ausatmen »aus«. Und das übe ich die ganze Zeit. Das macht mich ruhig und bringt mich ins Hier und Jetzt. Ich muss nicht weinen. Auch jetzt bin ich ziemlich gefasst.

Zwischendrin geht der Stationsarzt an mir vorbei, aber ich rufe ihn zurück. Am Ende des Gespräches muss ich doch weinen. Weil er sagt, dass man nicht sagen kann, wann er bestrahlt werden kann. Er weiß nicht, ob der Hautlappen anwächst. Sie haben heute Morgen sogar überlegt, ob sie ihn nochmals operieren, um einen anderen Hautlappen einzusetzen.

Als ich im Besucherraum warte, sehe ich Franks Geist plötzlich. Er kommt in weißem T-Shirt und grauer Hose hinein und setzt sich auf den Stuhl neben mir. Er sieht aus, wie ich ihn kennen lernte. Ich sage ihm, er soll wieder zurückgehen und leben. Er steht auf und geht.

Dann holt die Stationsärztin mich endlich herein. Ich spreche die kalorienreiche Astronautenkost an. Sie erklärt mir, dass sie ständig untersuchen, ob er genug Kalorien hat. Und die hat er. Muskelgewebe wird sich abbauen, weil er nicht trainiert. Und mehr Kalorien erzeugen nur Fett. Jetzt atmet er wieder eigenständig, hängt jedoch am Beatmungsgerät. Er ist nicht ansprechbar und hat wohl nicht bemerkt, dass ich da bin. Ich erzähle ihm ein bisschen was, und frage ihn, ob er mich hört. Doch er gibt kein Zeichen von sich.

Einmal öffnet er die Augen. Er muss dauernd husten bzw. röcheln. Sein ganzer Körper krümmt sich dann. Ich bin nur kurz drin, weil er noch mit allem möglichen versorgt werden muss und ich im Weg stehe. Sie wollen ihn noch bronchoskopieren, damit die Flüssigkeit aus seiner Lunge kommt.

Ich dichte ein Lied für Frank:

»Lebe Frank, lebe, komm pack es an.
Lebe Frank, lebe, du schaffst es dann.«

Weitere Strophen sind: »Atme Frank, atme ..., Lächle Frank, lächle ..., Liebe Frank, liebe ...«

Ich singe es auf der Heimfahrt im Auto.

Eben ruft sein Bruder an. Er ist geschockt, als ich ihm von Frank erzähle. »Da muss ich erst mal einen Whiskey trinken.« Das würde ich jetzt auch gerne. Er bringt mir nächste Woche eine Flasche Carlos 1 mit. Das ist ein spanischer Brandy.

Das ist ein sehr anstrengender Tag gewesen.

21. Mai

Ja, heute ist wieder viel passiert. Ich erinnere mich, dass mich das Telefon um halb neun weckt. Christel ist dran und wünscht mir einen guten Tag mit viel Licht und Wärme. Unser Zusammensein gestern hat ihr sehr gut getan, mir ebenfalls. Das schreit nach Wiederholung. Sie ist so ein ganz feiner Kerl. Für mich ist sie ein Engel.

Um halb zehn habe ich mich mit der Ärztin telefonisch verabredet. Doch sie hat keine Zeit. Um zwölf Uhr telefoniere ich nochmals mit der Klinik. Diesmal hat sie Zeit. Frank geht es besser. Und ganz erfreulich wäre, dass der Hautlappen anzuwachsen scheint. Dann räume ich endlich mal wieder die Wohnung auf und dusche.

Gegen sechs Uhr komme ich auf der Intensiv an. Ich muss lange warten. Die Warterei ist anstrengend. Frank hat gerade einen Bronchospasmus. Er reagiert wohl allergisch auf ein Medikament. Schon wieder etwas, was nicht sein muss.

Wie viel negative Schwingungen braucht er noch?

Ich will mit der Schwester das Bett neu beziehen, weil es wie auf dem Schlachtfeld aussieht, überall ist Blut! Doch da es ihm gerade von der Lunge her nicht so gut geht, verschieben wir es. Um sieben Uhr kommen sein Freund und deren Frau aus dem Norden. Ich gehe nach draußen, um beide zu begrüßen. Der Freund sitzt da und weint. Es ist zu viel für ihn, die Atmosphäre vor der Intensivstation. Schon der Weg ist furchtbar. Ich gehe ihn einfach so entlang, ohne nach rechts oder links zu schauen. Doch wenn ich genau schaue, ist er wirklich furchtbar. Der Freund kann nicht mit hineingehen und geht zurück zum Auto, um »Neil Young zu hören«. Dabei rufe ich ihn in meiner Not und verweinten Traurigkeit am Tag oder sogar in der Nacht an und schildere ihm das Aussehen von Frank, ohne zu wissen, dass er das kaum verkraftet. Und ich merke das nicht. Seine Frau ist Krankenschwester und geht mit hinein. Sie hat Humor. Wir haben sogar gelacht drinnen. Ach, das ist schön. Sie geht bald wieder. Ich bleibe noch.

Ich bin sehr gestärkt durch die Atemübung!

Doch ich glaube, dass ich ungerecht bin und egoistisch. Kann ich von einem kranken Menschen Aufmerksamkeit verlangen? Ja! Also doch nicht egoistisch? Oder ist es gesunder Egoismus, den ich mir so lange wünsche?

Um viertel vor neun gehe auch ich. Denn ich bin mit den Freunden in der Pizzeria am Eck verabredet. Sie laden mich zum Essen ein. Wir haben es sehr schön miteinander und lachen viel. Wir können uns zeigen und kennen lernen. Wir haben Interesse aneinander.

Um halb zwölf komme ich nach Hause. Ich rufe gleich einen anderen Freund von Frank an. Er kommt morgen. Dann rufe ich den Bruder an, er freut sich, dass ich ihn anrufe und ihm gute Neuigkeiten von Frank berichte.

Ich fühle mich irgendwie in mir drin. In meiner Mitte?

Ich habe ein Bild: Ich gehe auf meinem Weg, doch ist er dunkel, manchmal neblig. Doch ich gehe.

Meine Nachbarin und ich reden bestimmt eine Stunde vor meiner Tür. Und wir halten uns ganz fest. Christel sagt oft: »Wir Frauen müssen zusammen halten.« Sie hat so Recht. Christel ist sehr weise. Jetzt ist es gleich halb zwei Uhr in der Nacht.

22. Mai

Um halb zehn treffe ich mich wieder mit dem Ehepaar zur Stadtbesichtigung. Anschließend gehen wir zum Chinesen. Auch heute lachen wir viel miteinander. Sie schenkt mir zum Abschied ein rotes Aura Soma Fläschchen. Es soll mir helfen, mich abzugrenzen, wenn ich in die Klinik gehe.

Bevor beide wieder zurück fahren, besuchen sie Frank. Ich warte draußen, da man nur zu zweit auf die Intensivstation darf. Gemeinsam warten wir auf einen Freund von Frank, mit dem ich ihn dann besuche. Mit tut der Besuch sehr gut.

Freunde von Frank sind hier, und Frank geht es richtig gut! Frank freut sich sehr, als ich komme. Er ist die ganze Zeit wach und hat die Augen geöffnet! Er hat sogar mal gelacht! Er zeigt auf dem Alphabet: »Mein Schatz« und »Ich sehe dich.« Welche Veränderung! Frank ist wie aufgewacht. Plötzlich ist er da! »*Ich bin eine Testperson, doch das macht nichts.*«, schreibt er. Ich sehe das nicht so, doch wenn es ihm nichts ausmacht, ist es okay. Dann haben auch andere was davon. Den Brief vom 16. Mai konnte ich Frank noch nicht vorlesen. Irgendwie stimmt er jetzt auch nicht mehr.

23. Mai

Ich bin traurig und habe heute im Krankenhaus geweint. Ich bin mal wieder über meine Grenzen gegangen.

Ich fahre mit dem Rennrad in die Stadt und nehme mir vor, um fünf Uhr zurückzufahren, weil ich um halb acht eine Verabredung habe. Doch Frank lässt mich nicht gehen. Gestern schon zeigte er die offene Hand, was heißen soll, dass ich noch fünf Minuten bleiben soll. Doch daraus wird fast eine Stunde. Wenn ich sage, dass ich gehen will, runzelt er die Stirn und ist traurig. Das macht es mir sehr schwer zu gehen. Ich frage mich, welche Rolle ich hier spiele. Andauernd höre ich, dass ich bewundert werde.

Spiele ich die Heldin? Spiele ich die Familien-Vermittlerin?

Warum begleite ich einen krebskranken Mann, den ich erst wenige Monate kenne? Diese blöden Warum-Fragen! Ich fühle mich heute kraftlos. Was brauche ich von Frank? Ich möchte, dass er mich schätzt. Ja, er schätzt mich, vielleicht jedoch nicht so großartig, wie ich mir das wünsche. Erwartung macht eine Beziehung kaputt. Ich strenge mich an, nichts von Frank zu erwarten. Es ist sehr schwer. Ich habe nun einmal Wünsche. Heute sitzt er zum erstenmal auf einem Sessel. Ich brauche mal einen freien Tag vom Krankenhaus. Gestern schon will ich es Frank sagen, doch es geht nicht. Auch heute habe ich keine Gelegenheit dazu. Ständig ist eine Schwester oder ein Arzt da und macht irgendetwas. Frank ist sehr pflegeintensiv, ungeduldig und fordernd.

Was habe ich mir da nur ausgesucht? Doch ich liebe ihn. Und ich fühle, dass er mich liebt. Leider sagt er es nicht. Ich bin sehr müde.

Mein liebster Frank,
mir ist heute klargeworden, dass ich meinen ganzen Tagesablauf auf dich abstimme. Ich lege meine Termine auf den Vormittag, damit ich am Nachmittag zu dir kann. Ich bleibe oft bis spät am Abend. So komme ich erst spät nach Hause. Derweil haben viele Leute auf meinen Anrufbeantworter gesprochen. Ich rufe zurück. Wieder geht es um dich. Ich organisiere und vermittle für dich. Ich komme mir vor wie Dein Sprachrohr. Ach, ich hoffe, das klingt nicht nach Vorwürfen. Ich will dir einfach nur mal mitteilen, wie viel du mir bedeutest, und ich mich für dich sorge und einsetze. Ich mache das alles gerne für dich. Nur muss ich aufpassen, dass ich nicht zuviel für dich mache und zuwenig für mich. Du weißt, dass das ein Problem von mir ist.

Ich wache jeden Morgen auf und denke zuerst an dich, und so geht es mir am Abend, bevor ich einschlafe. Da bist du mein letzter Gedanke. Jedes Mal, wenn ich zur Ruhe komme, sehe ich dich auf der Intensivstation liegen. Dort herrscht keine gute Energie, und ich bin froh, wenn du verlegt wirst. Ich sehne mich so danach, mit dir draußen in der Sonne zu sitzen. Du eventuell im Rollstuhl und im Schatten. Hauptsache, du kannst mal frische Luft schnuppern und die Wärme der Sonne spüren.

Heute Morgen beim Erwachen dachte ich: »Ich kann da nicht mehr hingehen.« Ich meine damit die Intensivstation. Gleichzeitig dachte ich, dass du dann traurig bist, und wie sage ich es dir? Manchmal stehe ich zwischen dir und mir. Einerseits will ich dir Gutes tun, andererseits will ich an mich denken, damit ich Kraft schöpfe für diese schwere Zeit. Z. B. wollte ich gestern um fünf Uhr gehen, damit ich rechtzeitig zu Hause bin, damit ich noch duschen und eine Kleinigkeit essen kann, bevor ich zu der Verabredung gehe. Doch fällt es dir schwer, mich gehen zu lassen. Ich kann es ja verstehen. Und so kam ich in eine Hetze, konnte nicht mehr duschen und etwas essen und kam erschöpft dort an. Wenn ich erschöpft und kraftlos bin, kommt die Traurigkeit über deine Erkrankung und unseren schweren Weg. Wenn ich stark bin und genug Energie habe, fühle ich mich in meiner Mitte. Dann weiß ich auch eher, was uns gut tut.

Lieber Frank, du weißt sicherlich, dass ich dich achte und liebe. Ich sage es dir ja oft genug. Ich weiß es manchmal von dir nicht so genau. Ich kann es erraten und manchmal fühlen. Das gibt mir Kraft, wenn du mir ab und zu sagst, dass du mich magst. Erwarte ich damit zuviel? Ich möchte eigentlich gar nichts von dir erwarten und dir alles von Herzen geben, was ich dir zu geben habe. Doch manchmal bin ich traurig, weil so wenig Liebevolles von dir zu mir kommt. Ganz tief unten fühle ich, dass du mich liebst. Nur manchmal kann ich nicht so tief bis unten hin fühlen. Wir beide haben eine Zukunft miteinander. Ich bin dabei.

In Liebe, Annemarie

24. Mai

Am Morgen wache ich total erschöpft auf und denke wieder: »Ich kann da nicht mehr hingehen.« Ich liege da und denke immer wieder diesen Satz, bis ich mich endlich aufrappeln kann. So bin ich heute nicht zu Frank gefahren. Die Intensivstation-Besuche strengen mich sehr an.

Jeden Morgen sehe ich Frank auf der Intensivstation liegen. Es sind schreckliche Bilder. Ich kann sie kaum verarbeiten. Frank hat sich übrigens noch nicht im Spiegel gesehen. Das ist gut so. Meine Schwester hat ihn heute besucht. Das ist mir eine große Hilfe. Mein ganzer Alltag ist bestimmt von Frank. Ich lasse bestimmen. Es ist nicht so, dass Frank bestimmt.

Doch heute bin ich leer. Ich nehme mir zu wenig vom Leben. Ich muss mehr in die Natur hinaus und dort ruhen. Wenn ich draußen bin, mache ich immer eine Anstrengung. Ich bin sehr müde und gehe jetzt zu Bett und lese noch ein wenig.

Mein liebster Frank,

ich denke viel an dich und sende dir ganz viel Kraft für jeden Tag. Ich wünsche dir eine schnelle Wundheilung, damit du bald bestrahlt werden kannst. Ich denke viel darüber nach, warum ich dieses Leid auf mich nehme. Schließlich kenne ich dich noch nicht lange. Will ich eine Heldin sein? Ein bisschen schon. Es liegt in meiner Natur, stets großartige Dinge zu vollbringen. Will ich mein Helfersyndrom ausleben? Auch das ein bisschen. Durch unsere Situation wird mir dieses Helfersyndrom sehr klar. Es hat viel mit Schuld zu tun. Wenn ich mal einen Tag nicht zu dir komme, habe ich Schuldgefühle. Ich weiß, dass das Quatsch ist. Trotzdem ist es da.

Es gibt einen Hauptgrund, warum ich dieses Leid mit dir trage: Ich liebe dich und achte dich. Und ich fühle mich von dir geliebt. Diese Liebe gibt mir Kraft, besonders dann, wenn du sie erwiderst. Ich glaube, das Einzige, was wirklich heilen kann ist Liebe. Ich schenke dir soviel, wie du aufnehmen kannst.

Wie erlebst du die Zeit mit deinem Vater? Kann er dir ein klein wenig Gutes tun? Ich wünsche es dir sehr. Ich glaube, die vierte Erkenntnis (aus dem Buch: die Prophezeiungen der Celestine) spricht von dem »Kindheitsdrama«, das es zu erkennen gilt. Ich glaube, dass das jetzt ein Thema für dich sein kann, wenn du es dazu machst. Ich glaube, dass wir beide »Unnahbare« sind, weil unsere Väter Kontrolleure sind. Wir mussten ständig um Aufmerksamkeit betteln, damit wir beachtet wurden. Denkst du auch so? Magst du mir zurückschreiben? Damit ich weiß, wie du darüber denkst? Oder gibst du mir Antworten auf meine Fragen, wenn ich bei dir bin? Es ist wichtig für mich zu wissen, was du denkst, wie es dir genau geht, was du erlebst. Ach, bin ich zu neugierig? Nein, anderen sagst du es ja auch.

Mich beschäftigt erneut und intensiv das Thema Tod und Sterben. Das Thema ist in meinem Leben, seitdem ich denken kann. Mein Opa wurde drei Tage im Wohnzimmer aufgebahrt. Damals gab es noch keine Leichenhalle. Viele Leute kamen zu uns und besuchten Opa ein letztes Mal. Ich war oft im Wohnzimmer und legte meinen Kopf auf seine Brust, da ich immer noch glaubte, seinen Herzschlag zu hören. Ich war damals 8 Jahre. Als meine Oma starb, war ich fünfzehn. Ich erkannte, dass Tod nicht gleich »nicht mehr da« ist, sondern dass er eine andere Ebene darstellt, in die wir alle einmal überwechseln. Mein Sohn sagte

*mal den schönen Satz: »Tod ist wie Geburt.« Ja, das finde ich auch,
deshalb sage ich, dass alle ein Fest feiern sollen, wenn ich sterbe.
  Wie geht es dir mit diesem Thema? Bist du bereit, mit mir darüber
zu reden? Stelle ich zu viele Fragen? Ich bin interessiert an dir! Ich habe
heute einen schönen Tag, auch wenn ich die ganze Wohnung sauber
gemacht habe. Deine Freunde schlafen. Sie sind beide erschöpft von dem
Tag mit seinen vielen Eindrücken und Erlebnissen. Ich finde unser Leben
gerade sehr spannend. Es gibt soviel zu lernen. Ich spüre, dass ich an
einem Wendepunkt stehe, und ich bin bereit zu lernen, zu ändern und
dann weiterzugehen. Ich hoffe, du bist dabei.
  Annemarie*

25. Mai
Als ich zu Frank komme, schreibt er: »*Wie geht es dir?*«. Mir geht es
so schlecht, dass ich stumm bleibe. Es kommt kein Wort aus mir
heraus. Ich unterdrücke die Tränen. Nur langsam finde ich Wörter: »Ich bin traurig über unsere Situation, und ich wache jeden
Morgen auf und sehe dich vor mir.« Frank drückt meine Hand. Er
ist auch traurig.

Frank schreibt mit dem Handy eine Nachricht an einen Freund:
»*Meine Konzentrationsfähigkeit + alles hat sehr nachgelassen. Rieche:
0,5 Aussehen große Nekrose im Gesicht, Gruß an den Stammtisch.*«
Im Zimmer ist eine schlechte Luft, da das Transplantat nicht richtig anwächst und langsam fault. Ich stelle Zitronenöl ins Zimmer,
doch es nützt nicht viel.

Ich bin mit Frank lange (etwa drei Stunden) in der Hals-Nasen-
Ohren-Klinik. Er hört so schlecht. Die Ärzte stellen fest, dass er
im rechten Ohr ein Hämatom hat, welches auf das Gehör drückt
und im linken Ohr funktioniert der lymphatische Abfluss nicht
so recht. Die Ärzte sind sehr interessiert an Frank. Wir beide haben es gut in der HNO-Klinik. Er hält meine Hand und lehnt sich
dabei zurück und schläft ein. Endlich fühle ich Entspannung bei
ihm. Das tut mir wiederum gut. Doch spüre ich die Tragik, wenn
fremde Augen auf Frank schauen. Ich sehe Entsetzen. Das Rote
Kreuz, welches uns von einer Klinik zur nächsten fährt, wünscht
uns jedes Mal mit Handschlag alles Gute.
  Am Abend bin ich sehr traurig, weil Frank soviel leiden muss.

Sein Onkel ruft an: »Es sind immer noch Krebszellen in der Histologie nachweisbar.« Ich rufe Frank an, um ihn zu fragen, ob er sich in dem neuen Zimmer wohlfühlt. Er wurde heute vom Aufwachraum in ein Einzelzimmer verlegt. Jetzt ist er alleine. Wir überlegen, wie wir uns verständigen können, da er immer noch die Trachealkanüle trägt und somit nicht sprechen kann. Wir machen aus, dass 2x klopfen »Ja« heißt und 1x »Nein«. Und mir fällt die Morsesprache ein. Ich werde nachher einen Bekannten anrufen, der bei der Post arbeitet. Vielleicht kennt er diese Sprache.

In die Zukunft zu sehen macht mir Angst. Und es macht sehr traurig. Seit 20 Jahren beschäftige ich mich mit dem Tod und dem Sterben. Bin ich dazu bestimmt über eine kurze Zeit einen schwerkranken Menschen zu begleiten, um selbst daran zu wachsen? Bin ich dazu bereit?

Ich fahre nach langem Abwägen zu einer Freundin. Ich lehne einfach meinen Kopf an ihre Schulter, bis es mir besser geht. Sie sagt: »Mir tut das auch gut, wenn du kommst, auch wenn du traurig bist.« Sie hat sich gefreut, dass ich zu ihr komme, um meinen Kopf anzulehnen.

Ich weine immer noch zwischendrin, wenn ich an Frank denke. Ich fühle dieses große Leid, das wir beide tragen. Es ist sehr schwer. In der Histologie sind immer noch Krebszellen. Die Ärzte wollen diese mit der Bestrahlung killen. Doch der Hautlappen will nicht richtig anwachsen. Warum? Ach, diese Frage!

26. Mai

Ich bin heute nicht ins Krankenhaus gefahren. Es ist die pure Erholung für mich, nicht dorthin gehen zu müssen. Heute Morgen ruft Franks Bruder an. Ich sage ihm, dass in der Histologie von der Operation noch Krebszellen nachweisbar sind. Ich spüre, dass ich das selbst noch gar nicht so an mich ran lasse. Die Konsequenz liegt auf der Hand.

Wirklich?

Gibt es Hoffnung?

Hoffnung auf ein gutes Leben bis zum Tod? Ich sage mir: »Ja«.

Mache ich mir damit was vor?

So viele Gedanken gehen mir durch den Kopf. Anderen, die Frank und meine Situation kennen, geht es ähnlich.

Nach dem Grapefruit-Frühstück gehe ich bei Christel vorbei und auf den Wochenmarkt zum Einkaufen. Um halb zwei fahre ich mit dem Rad zum Weinberg und arbeite eine halbe Stunde dort. Ich lege die Triebe in den Draht. Es ist nicht viel zu tun, weil das schon vor ein paar Tagen gemacht wurde.

Zu Hause dusche ich und warte auf Christel. Wir wollen meditieren. Vorher sitzen wir Hand in Hand auf der Couch, sprechen und schweigen miteinander. Es ist wieder einmal herrlich. Ich bekomme sehr viel Kraft dadurch. Ich spüre ganz deutlich, wie Energie in mich einströmt.

27. Mai

Freunde von Frank wohnen bei mir. Ich begleite sie, als sie Frank besuchen. Wie so oft, müssen wir vor der Tür warten. Als wir reingehen, sind beide sehr entsetzt über Franks Aussehen. Sie sagen später: »So was Schlimmes habe ich noch nie gesehen.« Beide sind mir eine große Hilfe, denn sie sind viele Stunden bei Frank, haben ihm die Hand gehalten, und als sie zu mir kommen, trösten sie mich und halten meine Hand.

Am Nachmittag gehe ich mit Christel Holunderblüten sammeln. Am Ende legen wir uns auf die abgemähte Wiese in die volle Sonne und halten uns an der Hand. Diese Augenblicke geben mir sehr viel. Das brauche ich öfter, wird mir gerade klar. Dann bekomme ich Kraft. Ich bekomme Kraft, wenn ich mit einem lieben Menschen zusammen bin. Am Abend umarmt mich ein Freund von Frank. Dabei spüre ich auch diese kraftvolle Energie. Ich erzähle ihm davon und frage ihn, ob er Energie verliere.

»Nein«, sagt er, »ich gewinne auch.«

Um halb zwölf in der Nacht, ruft Frank an. Ich erkenne ihn sofort. Auch das Telefongespräch gibt mir Kraft, obwohl Frank mir nur Klopfzeichen geben kann. Später sagt der Besuch: »Das hört sich ganz normal an, wenn du mit Frank redest, dabei kann er doch gar nicht reden. Wie machst du das?«

28. Mai

Eine Freundin ruft heute Morgen an. Sie denkt viel an uns. Alle denken viel an uns und schicken uns gute Gedanken. Von einer Freundin aus dem Norden kommt ein lieber Brief.

Der Professor sagt: »Das Hauttransplantat braucht noch 7 - 8 Wochen, um zu heilen, danach kann erst bestrahlt werden.« Das hört sich für mich wie ein Todesurteil an. Ich bin sehr traurig. Frank liebt mich. Zurzeit schreibt er viele freundliche Worte für mich. »Ich freue mich, dass du da bist.« Oder »Schön, dass du kommst.« Oder »Mein Stern«. Und ganz oft schreibt er »Danke«. Wir umarmen uns mehrmals. Das ist wunderschön. Obwohl ich sehr vorsichtig sein muss, da er überall am Körper Wunden hat. Am Rücken und am Oberschenkel wurde die Haut für die Gesichtstransplantation entfernt. Am Arm hat er die venöse Kanüle, im Magen liegt der Schlauch zum Essen und im Hals die Kanüle zum Atmen.

Am Abend ruft er wieder an. Er klopft, und ich erzähle und stelle ihm Fragen, die er mit Klopfen beantwortet. Ich glaube, dass ich ihn verstehe. Es freut mich auch, dass er anruft.

Eben telefoniere ich mit einer Freundin aus Berlin. Das ist schön. Heute dachte ich nämlich: »Ich brauche mehr Frauen um mich herum.«

29. Mai

Am Morgen ist erneut eine Operation, der restliche Hautlappen wird entfernt. Frank weiß nicht, wie es weitergeht. Das erstaunt mich ein wenig. Vielleicht hat er Angst vor der Realität. Ich weiß immer noch nicht, ob er den Histologiebefund kennt. Ich habe das dringende Bedürfnis in jeder Beziehung Klarheit zu haben zwischen Frank und mir. Auf dem Hausflur treffe ich meine Mitbewohnerin, sie fragt mich: »Wie geht es dir?« Da kommen nur herzzerreißende Tränen. Sie hält mich ganz fest und wiegt mich hin und her. Später sitze ich erschöpft unten im Garten in der Sonne. Ich nehme ein Buch mit und das Tagebuch, doch ich kann nichts tun. Ich lausche den Vögeln und trillere mit ihnen.

Am Mittag ruft der Freund von der Post an und spricht auf den Anrufbeantworter. Er hat sich um die Morsesprache gekümmert. Allerdings meint er, die Verständigung damit wäre zu schwierig. Das glaube ich auch, trotzdem wollte ich mich vergewissern. Er macht den Vorschlag, es mit einem Fax-Gerät oder übers Internet zu probieren.

Ich habe einen hohen Lehnstuhl mit Rollen beantragt, um mit Frank vor die Tür zu fahren. Außerdem möchte ich einen Termin mit der Diätberaterin. Darum bat ich gestern schon, doch leider wurde es vergessen.

Dann lese ich jetzt doch das Buch über die Enzyme. Teilweise lösen Enzyme Krebszellen auf. Andererseits können sie das Wachstum dieser Zellen fördern, wenn ein Überangebot davon da ist. Ich möchte mit dem Stationsarzt darüber reden.

Bevor ich zu Frank gehe, meditiere ich. Das bringt mir ein wenig Ruhe und Erholung.

Der Oberarzt ist da. Ich frage ihn: »Sind sie mit dem Hauttransplantat zufrieden?«

Er antwortet: »Ja.« Und ich fühle, dass er mich belügt. Der Stationsarzt ist da ein klein wenig ehrlicher, aber auch nur ein klein wenig.

Ich bin jetzt ehrlicher zu mir und zu Frank. Ich sage ihm, wie es mir geht, worüber ich nachdenke, worüber ich traurig bin. Ich lege meinen Kopf auf seine Beine und weine. Er liegt im Bett und hält meine Hand. So halten wir ein paar Minuten inne. Heute frage ich ihn zum ersten Mal: »Denkst du ans Sterben?« »*Zurzeit nicht*«, schreibt er.

Einmal gehen wir über den Flur. Irgendwie hat Frank Kraft und irgendwie auch nicht. Ich verstehe es nicht so ganz. Er bekommt wieder Antibiotika. Ich glaube, es ist eines der stärksten Antibiotika, weil es gegen ganz schlimme Bakterien wirkt.

Am Abend treffe ich mich mit einer Freundin. Sie überredet mich, mal mit ihr tanzen zu gehen. So gehen wir in die Disco. Wir sind beide lange nicht dort gewesen. Es hat uns gut gefallen. Ich bin ein paar Mal sehr traurig und weine auch, denn ich denke an meinen letzten Discobesuch mit Frank. Das war mein schönster Discobesuch, weil Frank und ich so schön miteinander turtelten.

30. Mai
Heute Morgen bin ich nicht traurig beim Aufwachen. Dadurch, dass ich so ehrlich zu Frank sein darf und ihm Fragen stellen kann, die mir auf dem Herzen liegen und auch mal weinen kann, muss ich das nicht mehr so viel zu Hause alleine tun. Eine Freundin kommt nach dem Yoga mit zu mir. Sie kauft Spargel, den wir

zusammen mit gebratenen Spaghetti vom Sonntag essen. Bei ihr darf ich auch meinen Kopf anlehnen. Das ist genau das, was ich brauche. Nach dem Essen rufe ich auf der Station an. Eigentlich wollten sie mich anrufen. Ich frage nach einem Termin mit der Diätberaterin. »Das haben wir selber geklärt mit der Diätassistentin.«, sagt die Schwester. Ich bin geschockt. Ich werde einfach übergangen! »Außerdem kann die Küche nicht für jeden Patienten ein Extraessen zubereiten. Früher ist das mal möglich gewesen, aber heute geht das nicht mehr.«

Mit dem rollenden Sessel ist es dasselbe. »Der Stationsarzt ist dagegen, dass Frank an die frische Luft geht, da es immer noch Probleme mit der Trachealkanüle gibt. Da sitzt manchmal ein ganz dicker Schleimpfropf. Dann muss sofort die Kanüle gewechselt werden.«

So haben sie den Krankengymnasten erst gar nicht gefragt. Und meine Mühe ist ganz erfolglos. Ich bin traurig. Ich sehe, dass ich einen Kampf mit einer riesengroßen Institution führe. Da bin ich nur eine kleine Maus.

Es regnet schon den ganzen Tag, und es ist kalt. Ich muss sogar die Heizung aufdrehen. Seit langer Zeit habe ich wieder Lust auf Schokolade. Ich habe einige Kilos abgenommen, da mir einfach der Appetit vergangen ist. Es zieht mich zu Frank hin, und ich bin gerne mit ihm zusammen. Doch andererseits bin ich gar nicht gerne im Krankenhaus. »Er ist weicher geworden«, sagt sein Onkel eben am Telefon.

Frank schreibt heute: »*Ich liebe dich.*« und »*Danke für deinen Besuch.*« Wir haben es gerade sehr gut miteinander. Heute haben wir uns wieder umarmt.

Er schreibt: »*Wie geht es dir?*«

Ich kann ihm sagen: »Ich bin sehr traurig, weil ich Angst habe, dass du stirbst. Und ich will lernen, dich loszulassen, so dass du deinen eigenen Weg gehen kannst.« Ich sage auch: »Ich weine oft zu Hause.« Das kostet mich Mut. Doch ich spüre, wie es mir gut tut, nachdem ich es ausgesprochen habe.

Er weiß nichts von dem Histologie-Befund. Der Arzt sagt: »Er hat mich nicht gefragt, also habe ich es ihm nicht gesagt. Doch wenn er mich fragen sollte, werde ich es ihm sagen.« So werde ich es auch tun.

Der Stationsarzt findet es besser, wenn die Kinder nicht kommen. Ich bin der gleichen Meinung. Seine Freunde sind anderer Meinung. Sie meinen, dies alles kann man den Kindern zumuten. Ich möchte ihnen das nicht zumuten. Lieber sollen sie Frank in Erinnerung behalten wie er war. Ich frage Frank, ob er die Kinder sehen will. Er zuckt mit den Schultern und schüttelt verneinend den Kopf.

Später spielen wir unser erstes Backgammon-Match. Es hat uns beiden Spaß gemacht. Nach dem ersten Spiel ist Frank erschöpft und schläft ein. Ich sitze an seinem Bett, betrachte ihn und versuche zu verstehen, was da vor sich geht.

Der Tod steht vor der Tür. Er will nur hereingelassen werden. Ich habe gegen 22 Uhr ein Gespräch mit dem Stationsarzt. Er redet um den heißen Brei.

Ich sage daraufhin: »Ich glaube, dass er sterben wird.«

»Ja,« sagt er, »das glaube ich auch.«

Ich sage: »Ich glaube, dass er bald sterben wird.«

»Ja«, sagt er wieder, »das glaube ich auch. Das ist ein sehr aggressiver Krebs mit einem schnellen Wachstum. Es sind an mehreren Stellen bis hin zum Schädelknochen und Halsbereich Krebszellen nachweisbar. Und wir können nicht bestrahlen, weder jetzt noch später.«

»Ein Todesurteil«, nennt es Franks Bruder.

Um 22.40 komme ich vom Krankenhaus nach Hause. Sogleich rufe ich Franks guten Freund an. Er sprach gestern und heute auf den Anrufbeantworter. Wir telefonieren eine Stunde. Er ist erschüttert und weint. Das Gespräch tut uns beiden gut. Wir sind sehr ehrlich miteinander. Er will bald herkommen und in meiner Wohnung schlafen, trotz Katzenallergie.

Anschließend ruft sofort Franks Schulfreund an. Mit ihm telefoniere ich auch eine Stunde. Er geht mit mir zum Carmina Burana-Konzert. Ich freue mich sehr, einmal etwas anderes zu unternehmen, etwas anderes zu sehen als Krankheit und Krankenhaus.

31. Mai

Gegen ein Uhr am Mittag holt Christel mich zu Hause ab. Sie will mit mir in die Stadt fahren. Eine Stunde später fahren wir mit dem Zug zu Frank. Er muss mal wieder zur Hals-Nasen-Ohren-Klinik. Ich gehe nicht mit ihm mit, denn ich will mit den Ärzten über die Enzymtherapie reden und darüber, ob ich nach draußen, ins Freie an die frische Luft darf mit Frank.

Ja, der Professor unterstützt das Rausgehen. Von der Enzymtherapie hält er nicht so viel, da er meint, dass zu viele Enzyme Krebszellen wachsen lassen. »Die Enzyme sind im Blut nicht feststellbar«, sagt er, als ich ihn danach frage. Auch ist er »ehrlich gesagt« nicht an dem Buch interessiert. Okay, ich will nicht enttäuscht sein, dass nicht auf meine Vorschläge eingegangen wird. Vom Krankheitsverlauf sagt er: »In ca. zwei Wochen möchten wir ein neues Stück Haut transplantieren vom Rücken oder von der linken Seite.«

Ich frage: »Macht dies überhaupt noch Sinn?«

Er sagt: »Wenn es mein Bruder wäre, würde ich alles versuchen, was in meiner Macht steht. Wir haben ihn noch nicht aufgegeben, obwohl dieser Krebs sehr bösartig ist und ein sehr schnelles Wachstum hat.«

Da kommen mir ein paar Tränen. Doch ich kann mich mit der Atemübung »Ein/Aus« wieder beruhigen.

»Wir haben es alle gerade schwer.«, sagt er und geht.

Ich gehe auf den Balkon, auf dem Christel auf mich wartet und weine. Es ist so ein stummes Weinen, ein unbewegliches Weinen mit ziellosem Blick. Christel tröstet mich. Bald darauf kommt der Oberarzt und bietet uns das Arztzimmer an. Doch ich will lieber hinausgehen. Wir gehen zum Zentralfriedhof. Dort gehen wir Arm in Arm ganz langsam umher. Christel ist eine sehr große Hilfe für mich. Plötzlich sehe ich eine Frauenstatue von weitem. Sie zieht mich magisch an und ist eingezäunt von Hecken. Ich ziehe Christel mit hinein und sehe hoch zur Statue. Christel ruft laut die Namen, die auf dem Grabstein stehen. Ihre Stimme wird immer lauter. Da ruft sie meinen Namen!

Da heule ich ganz viel und laut. Ich kann mich kaum beruhigen. Christel nimmt mich in ihre Arme. Als ich mich beruhigt habe, kann ich endlich hinschauen. Tatsächlich, da steht mein Name! 1912 bis 1983 lebte die Frau mit meinem Namen.

Um sieben Uhr komme ich nach Hause. Franks Freunde rufen an. Sie wollen bald kommen. Um acht Uhr fahre ich mit dem Rennrad zum Baggersee, 30 km. Jetzt habe ich die eintausend Kilometer voll. Als ich heimkomme, hat Frank auf meinen Anrufbeantworter geklopft. Ich dachte mir das schon während der Fahrt.

Die Mutter von Franks Kindern ruft auch an. Es macht sie vollkommen durcheinander, dass Freunde ihr erzählen, dass Frank die Kinder sehen will. Wir haben vereinbart, dass ich ihr diesen Wunsch mitteile, sobald Frank ihn äußert. Sie hat sich überlegt, dass es für alle nicht gut wäre, wenn die Kinder kommen. Ich kann sie darin bestätigen. Sie betont wieder, wie froh sie ist, dass Frank mich hat und wünscht mir viel Kraft. Sogleich rufe ich Frank an. Ich rede, und er klopft lange. Diese Gespräche tun mir sehr gut. Ich fühle mich danach besser.

Danach ruft ein Freund an. Er ist immer noch erschüttert von dem Besuch hier, obwohl er sehr froh ist, hier gewesen zu sein.

Ich wachse sehr an dieser Geschichte. Auch Frank wächst. Er sieht mich. Er liebt mich. Und ich weiß, es gibt nur einen Weg, und das ist mein Weg! Und gleichzeitig gibt es ein Loslassen von Frank oder überhaupt von den Menschen. Das Einzige, was zählt, ist mein Weg.

Ich bin dankbar für Frank.

1. Juni

»*Danke, meine Geliebte.*«, schreibt Frank am Ende dieses Tages. Von halb drei bis halb zehn Uhr bin ich bei ihm. Will ich Heldin sein oder warum tue ich das? Sieben lange Stunden, die zeitweise schnell vergehen. Gleich am Anfang gehe ich los zum anderen Ende der Uniklinik und hole einen Stuhl mit hoher Kopflehne. Es dauert eine halbe Ewigkeit, bis Frank angezogen ist und im Stuhl sitzen kann. Sein Kopf fällt immer zur linken Seite. Und er schaut etwas nach unten. Eine Stunde können wir draußen sein. Viele Menschen schauen uns mitleidig an, und ich spüre, dass sie nicht wissen, wer ihnen mehr leid tut, Frank oder ich. Trotzdem tut es mir sehr gut, an der frischen Luft zu sein, und Frank tut es sichtlich auch gut.

Er schreibt: »*Ich werde kaum fertig mit meinen Sachen.*«
»Ja, das kenne ich, wenn ich krank bin. Dann geht sonst auch nichts. Denkst du manchmal ans Sterben?«
»*Selten. Ich will nicht darüber reden. Ich hab was anderes vor. Leben!*« Ich sage Frank, dass ich seine Kinder zweimal in der Woche anrufen möchte. Ja, es ist auch sein Wunsch, dass ich mit ihnen in Verbindung bleibe. Frank will wissen, was sie machen. Und ich will wissen, wie sie mit der Krankheit ihres Vaters umgehen. Eigentlich will ich heute um 22 Uhr ins Kino. Da läuft ein Kulturfilm. Aber ich will nicht alleine dorthin. So bin ich doch nach Hause gefahren. Ich brauche mehr Freunde!

2. Juni
Frank behandelt mich wie Luft. Er beachtet mich überhaupt nicht. Er beschäftigt sich ausschließlich mit sich selbst. Ich sitze seit einer Stunde an seinem Bett und frage mich mal wieder, was ich hier tue. Es kommt kein Blick, kein Wort, keine Hand von ihm.

Ich schreibe ihm: »*Ich habe Kopfweh, fühle mich einsam und frage mich, was ich hier tue.*« Doch er wendet sich noch mehr ab. Ich fühle mich sehr einsam. Ich bin oft alleine. Ich fahre alleine Fahrrad, bin alleine am See, alleine im Krankenhaus. Am Abend, wenn ich versuche Leute anzurufen, ist keiner da, oder sie haben keine Zeit. Ich sehne mich danach, unbeschwert draußen zu sitzen, einen Wein zu trinken und einfach zu plaudern. Fast alle Gespräche drehen sich um Frank.

Ich muss durch eine schwere Prüfung. Ich bin oft durcheinander, weil so viele Gedanken in meinem Kopf herumschwirren. Tod, Sterben, Zukunft, Vergangenheit, Gegenwart, mein Sohn, ich, Wünsche, Träume, Erwartungen, Realität, Angst. Zurzeit habe ich oft den Gedanken Hoffnung. Er macht es mir leichter zu leben. Doch wenn ich mit Leuten rede, mit denen ich lange nicht gesprochen habe, kommt wieder die Hoffnungslosigkeit, da sie mir die Realität spiegeln.

Ich versuche Freundinnen anzurufen. Doch keine ist da. Da rufe ich eine alte Bekannte von Frank an. Wir telefonieren eine Stunde. Danach geht es mir besser. Wenn ich heute darüber nachdenke, worüber ich genau traurig bin, kann ich es nicht sagen. Vielleicht über die gesamte Situation, und manchmal sind so viele Gedanken in meinem Kopf, dass ich einfach nur traurig bin.

3. Juni

Am Morgen rufen Franks Freunde an. Ein Freund schenkt den Kindern ein Handy, damit sie Frank SMS-Nachrichten schicken können. Ich werde sie heute Mittag vom Krankenhaus aus anrufen. Gleich treffe ich Christel kurz. Sie ist mein Lichtblick. Dann fahre ich zu Frank. Es geht ihm nicht so gut. Er ist gereizt. Er ist wieder sehr unfreundlich zu mir. Hat mich einfach nicht beachtet und sich angesichts meiner Traurigkeit noch mehr von mir abgewendet. Das tut mir dann sehr weh.

Ich sage: »Ich glaube, du freust dich gar nicht, dass ich hier bin.« Frank schreibt: »*Dein Erleben ist falsch.*« Das ist so grotesk, dass ich aufhöre zu weinen und fast schon lachen muss.

»*Vielleicht merkst du es nicht*«, schreibt er zurück.

»Ja, ich spüre es nicht«. Daraufhin nimmt er meine Hand und ist etwas liebevoller. Zum Abschied bekomme ich die erste Umarmung. Er schreibt: »*Ahnst du jetzt, dass ich mich über deinen Besuch freue?*«

»Ja, jetzt spüre ich es.«

Gibt es eine Zukunft für Frank und mich?

4. Juni

Frank ist heute gut gelaunt. Als ich komme, schreibt er: »Willkommen.« Das tröstet mich dann wieder ganz schnell. Und ich verzeihe ihm alles Vorangegangene. Franks Onkel kommt bald nach mir. Wir gehen alle drei nach draußen, und er erzählt von sich und seinen Kindern über Hochzeiten. Es ist lustig. Sogar Frank lacht einmal.

5. Juni

Heute gehe ich nicht zu Frank. Denn sein Bruder kommt und besucht ihn. Ich räume noch ein bisschen auf. Das tut mir gut, weil es so alltäglich ist. Jeder Mensch räumt irgendwann auf, ob er Sterbebegleitung macht oder nicht. Das macht mir Mut, weiter meinen Weg zu gehen.

Morgen hat Frank Geburtstag. Er hat Angst vor der nächsten Operation. Doch leider hat er keine andere Alternative.

6. Juni

Frank schreibt heute an seinem Geburtstag: »*Na, du größtes Geschenk*« und »*Du kannst sicher sein, dass ich dir viel geben will, es aber nicht immer kann.*« Er ist sehr anhänglich und dankbar. Er umarmt mich oft und innig.

Mit Franks Bruder rede ich lange heute Nacht, und wir trinken Wein. Ich trinke jeden Tag Wein.

10. Juni

Ich fahre mit dem Auto zu Frank. Er ist nicht im Zimmer, kommt jedoch bald. Er freut sich sehr, mich zu sehen. Wir legen uns nebeneinander auf das Bett. Es ist herrlich. Ich darf in seinem linken Arm liegen. Endlich. Ich habe mich sehr danach gesehnt. Er ist immer wieder sehr erschöpft und schläft ein. Sein Kopf fällt dann auf die linke Seite. Als er aufwacht, schreibt er:

»*80% Überlebenschance für 1,5 bis 2 Jahre,*
40 - 50% Durchkommen = Chance auf Heilung«
»*Ich habe noch Krebszellen. Ich habe es zufällig gehört.*«
»*Ich habe Angst hinauszugehen, wegen der Kanüle, wegen der Hitze.*«
»*Die körperliche Nähe mit Dir tut mir sehr gut.*«

Nachdem er gegessen hat, gehen wir hinaus. Diese Spaziergänge sind eine Wohltat für mich und doch auch sehr anstrengend. Ich sehe wie die Menschen uns entsetzt anschauen. Was müssen wir für ein seltenes Paar sein? Ich verabschiede mich, als der Verband erneuert wird, denn das dauert immer ziemlich lange. Die Autofahrt nach Hause strengt mich sehr an. Ich bin sehr müde und mache immer wieder die Augen zu. Zu Hause lege mich ein wenig auf das Bett und ruhe, mein Rücken tut weh. Ich trinke einen Carlos, der mir warm die Kehle herunterläuft, und ich vergesse kurz all das Leid.

11. Juni

Als ich heute Mittag in die Klinik komme, hält er mir den Briefumschlag hin, auf den er schrieb: »*Na, mein größtes Geschenk?*« Jetzt steht zusätzlich darauf: »*Danke, Danke, für deine Liebe/Besuche.*« Er bedankt sich für meine Liebe! Wau. Das ist toll. Ich freue mich sehr. Schön ist das. Das Wetter ist nicht so schön. Es ist grau und windig. Kein Wetter, um an den See zu gehen. Schade, wo gehe ich jetzt mit Frank hin? Überfordere ich ihn? Er hat nämlich Angst von der Uniklinik wegzugehen. Ich möchte ihn so gerne an der Hand nehmen. Anstatt nach draußen zu gehen, spielen wir Backgammon zusammen. Danach schläft er wieder ein.

Ich schaue den Film »Merlin« und liege entspannt auf dem Bett. Die erste Stunde schaue ich alleine, weil er beim Verbandswechsel ist. Dann sitzen wir zusammen auf dem Bett, Hand in Hand und Frank schreibt: »Deine Nähe ist schön. Sie tut mir gut.« Und mir tut es gut, wenn er so was schreibt. Ich habe Angst vor der Intensivstation. Vielleicht kann ich das Frank noch mitteilen. Heute sage ich nur: »Das wird eine schwere Zeit für mich, wenn du auf der Intensivstation bist.«

12. Juni

Morgen wird Frank erneut operiert. Ein neues kleineres Hauttransplantat wird ihm eingesetzt. Die Operation dauert mindestens sechs Stunden. Erst spät, nach elf Uhr komme ich aus dem Krankenhaus und fahre zu Freunden. Sie warten schon auf mich. Sie umarmt mich so warm, dass ich gleich anfange zu weinen. Da hält sie mich ganz lange fest. Das tut sehr gut. Er bietet mir ein Eis an, das ich annehme. Wir plaudern lange miteinander. Sie laden mich zu einer Übernachtung ein, die ich auch gerne annehme. Dadurch fühle ich mich nicht mehr so einsam. Die einsame Zeit scheint vorbei zu sein. Doch bin ich mir bewusst darüber, dass sie wiederkommen kann. Vielleicht bin ich dann besser gerüstet. Und vielleicht weiß ich dann, dass diese Zeit vorbeigeht.

13. Juni

Ich schlafe sehr gut und habe am Morgen das Gefühl, dass ich mich gar nicht bewegt habe. Ich liege noch da, wie beim Einschlafen. Nach dem Frühstück fahren wir zusammen zum Yoga, anschließend essen wir zusammen Spargel. Als Nachtisch gibt es Walnusseis mit frischen Bio-Erdbeeren. Es ist sehr köstlich lecker. In Gesellschaft habe ich Appetit und freue mich auf das Essen. Alleine trinke ich lieber ein Glas Rotwein oder einen Schluck von »meinem Freund Carlos«, wie ich den spanischen Brandy mittlerweile nenne, als etwas zu essen. Nach dem köstlichen Essen lege ich mich in den Garten in die Sonne und schlafe kurz ein.

Jetzt wird Frank operiert, und ich warte auf das Ende der Operation. Dieses Warten ist das Schlimmste. Ich bin so froh, dass ich diesmal mit Freunden zusammen warte. Es ist kaum auszuhalten. Um halb vier rufe ich das erste Mal auf der Intensivstation an. Doch Frank ist noch im Operationssaal. Jede Stunde rufe ich in der Klinik an. Jedes Mal, wenn ich anrufe und Frank noch im Operationssaal ist, bin ich traurig und muss weinen. »Was machen die so lange?«, denke ich. Sechs Stunden sollte die Operation dauern, sagt der Professor. Die guten Freunde sagen mir beim Abschied, dass ich jederzeit vorbeikommen kann, auch wenn es nachts um zwei Uhr wäre. Mir kommen gleich die Tränen, wenn ich so etwas Gutes höre.

Um halb acht wird Frank endlich auf die Intensivstation verlegt. Eine halbe Stunde später kann ich anrufen, um mehr zu erfahren. Der Arzt sagt: »Was soll ich Ihnen sagen? Die Operation ist gut verlaufen und der Kreislauf ist stabil.« Tja, das war's.

Ich schätze, dass er heute zehn Stunden operiert wurde. Was für eine Belastung! Für Körper, Geist und Seele! Dieses große Leid macht mir am meisten zu schaffen. Es macht mich traurig und bringt mich zum Weinen.

Wird das Leid weniger werden?

Werde ich genügend Kraft haben, dieses Leid zu tragen?

Ja! Denn die Hoffnung trägt all dieses.

Ich schreibe einen Brief an meine Mutter. Ich möchte ihr mitteilen, welch schweren Weg ich gerade gehe.

Liebe Mama,
ich habe mich sehr gefreut, von dir einen Brief zu erhalten. Und dass er mit der neuen Schreibmaschine geschrieben ist, freut mich noch mehr. Du schreibst, dass man seiner Tochter mit der Maschine keinen Brief schreibt. Weißt du, die Zeiten haben sich geändert. Und heute darf

»man« das tun. Meine wichtigsten Briefe schreibe ich mit dem Computer. Dann kann ich jederzeit nachlesen, was ich geschrieben habe. Damit schreibe ich auch mein Tagebuch. Habe ich dir mal von der Idee erzählt, ein Buch zu veröffentlichen? Mein Leben ist so interessant, es passieren so viele harte, schwere aber auch schöne Dinge, die ich gerne weitergeben möchte. Übrigens müsste in der Tüte auch Tipp-Ex sein. Schau mal nach.

Mein Leben ist gerade sehr schwer. Ich bin jeden Tag im Krankenhaus. Frank hat einen sehr aggressiven Krebs. Er wurde bereits mehrere Male operiert. Und es scheint kein Ende zu nehmen. Mittlerweile ist das halbe Gesicht weg. Heute bekam er das zweite Transplantat. Das erste faulte vor sich hin. Das erschöpft mich alles sehr. Ich bin müde und gehe jetzt zu Bett. Ich wünsche dir alles Liebe.

Deine Tochter.

14. Juni

Ich bin sehr erschöpft.

Frank schreibt heute: »*Ich bin sehr froh, dass du da bist.*« Er hält mir die Tafel immer wieder hin. Ich freue mich sehr darüber. Er sieht viel besser aus, als nach der letzten Operation. Er ist sogar schon einmal aufgestanden, bevor ich kam. Der Hautlappen ist viel kleiner als der vorherige. Er ist warm und weich. Die Augen, die Lippen, die Wangen sind wieder sehr geschwollen, aber kein Vergleich zum letzten Mal. Ich erkenne Frank. Er ist auch wacher. Er hat keine Magensonde mehr, sondern ein PEG. Dieser Schlauch führt direkt oberhalb des Nabels in den Magen. Ein Stück Haut wurde vom Oberschenkel an den Hals transplantiert. Der Hautlappen im Gesicht wurde diesmal von der linken Seite vom Rücken entnommen. Die rechte Seite ist immer noch nicht von der ersten Transplantation verheilt. Frank kann seinen rechten Arm kaum bewegen, weil der Nerv entfernt wurde, da er mit Tumor infiltriert war. Wo ist dieser Tumor noch überall?

Als ich gehe, schreibt er: »*Ich kann dir gar nicht beschreiben, wie viel mir deine Anwesenheit gibt, meine Blonde.*« Ich bin sehr gerührt, als ich das lese. Mir kommen sogar die Tränen. Ich sage: »Du gibst mir sehr viel, wenn du mir so was schreibst. Ich liebe dich.« Er zeigt daraufhin von seinem Herz auf mein Herz. Immer wieder.

16. Juni

Mir ist zum Weinen. Doch ich kann es nicht richtig zulassen. Ich habe heute ein Gespräch mit dem Oberarzt. »Wenn ich eine Radikal-Operation (bis 1cm ins gesunde Gewebe hinein) gemacht hätte, das erste Mal, wäre er jetzt halbseitig gelähmt, wie ein Schlaganfall, und das wollte ich ihm nicht zumuten. Krebszellen sind immer noch im Kinnbereich, am Hals und hinter dem Ohr am Knochen. Wir haben entfernt, was wir konnten, es ging nicht mehr. Er weiß es nicht. Ich will ihn nicht damit belasten, wenn er mich fragt, werde ich es ihm sagen. Wir können jetzt nur beten, dass dieser Hautlappen, der nur halb so groß wie der andere ist, anwächst, um schnellstmöglich mit der Bestrahlung zu beginnen. Ich kann keine Prognose stellen. Das hängt individuell vom Patienten ab. Die einen leben ein halbes Jahr, die anderen noch ein paar Jahre.« Jetzt laufen mir doch noch die Tränen das Gesicht hinunter.

Frank ist heute viele Stunden in der Endoskopie, wegen der PEG. Er hat Schmerzen am Bauch. Ab morgen darf er einen halben Liter Sondennahrung zu sich nehmen, zum ersten Mal nach der Operation. Er ist sehr »schlappig«, schreibt er heute. Ich frage ihn: »Denkst du viel nach?« Er schüttelt mit dem Kopf. Das ist gut so. Momentan hat er auch keine Angst oder ist verwirrt.

Ein Schmerzarzt kommt zu ihm, da er große Schmerzen hat. Überall, an beiden Seiten unterhalb der Arme, am Oberschenkel, am Bauch, am Rücken und am Gesicht. Er hört wieder schlechter. Auch sieht er mit dem rechten Auge sehr schlecht und mit dem linken wird es auch schlechter. Ach. Wem kann ich meine Traurigkeit nur mitteilen?

Beim Abschied schreibt er: »Ich liebe dich.«

17. Juni

Heute kommt ein Freund von Frank, deshalb gehe ich nicht ins Krankenhaus. Der Gedanke, dass ich nicht gehe, fällt mir schon schwer. Es sind immer komische Tage, wenn ich Frank nicht sehe. Doch spüre ich, dass das Krankenhaus mir wieder schwer zusetzt. Ich bin schon dankbar, dass ich nicht auf die Intensivstation muss. Seit heute liegt er wieder in seinem alten Zimmer. Ich muss meine Traurigkeit mitteilen, sonst bleibt sie in mir drin.

Ich mache einen Abendspaziergang. Es ist wieder ein herrlicher Sonnenuntergang zu sehen. Ich halte inne und betrachte das wunderbare Licht am Himmel. Da drehe ich mich um, und der Vollmond schaut mich an. Es ist eine besondere Begegnung.

19. Juni

Uff, das Leben erscheint mir gerade schwer. Die Krankheit, das Leiden von Frank nimmt mich sehr mit. Es tut mir im Herzen weh, wenn ich sehe, wie Frank leidet, wie sein Körper sich verändert. Er ist sehr eingelagert, überall Ödeme. Er kommt mir doppelt so breit vor.

Er ist traurig und weint viel. Er schreibt: »*Wenn ich keinen Kontakt mit den Kindern habe, ist das wie Luftnot.*« Er ist »*verzweifelt.*« Ich habe wieder den Stuhl besorgt. Sein Freund und ich wollen mit ihm hinauszugehen. Er weiß aber noch nicht, ob er raus will. »*Ich bin so schlapp.*« Ich sagte ihm schon am Freitag, dass ich am Sonntag den Stuhl in der Neurologie besorge. Als ich mit dem Stuhl ins Zimmer komme, will ich gleich los, und ich will mit den Kindern telefonieren. Frank sitzt eine Stunde im Sessel und schreibt nicht viel.

Der Freund sitzt einfach nur da. Ich frage mehrmals, ob wir jetzt rausgehen. Ich weiß, die Zeit ist knapp, da wir heute Abend ins Konzert wollen. Kurz bevor wir gehen wollen, will Frank plötzlich raus. Ich kenne das Spiel schon. Leider muss ich auch sagen, dass ich es mitspiele. So gehen wir kurz hinaus. Ich vergesse, mit den Kindern zu telefonieren, was ich sonst immer draußen mache. Oben angekommen, sagt der Freund: »Wir gehen jetzt.« Frank will jedoch noch »*1x Flur.*« Okay, auch das machen wir. Dann will ich gehen. Es ist mittlerweile sieben Uhr. Das Konzert beginnt um acht Uhr.

Da flippt Frank aus. Hat wieder seinen bösen Blick, wirft die Tafel auf das Nachtschränkchen und fängt an zu weinen. Da kann ich nicht anders und telefoniere noch mit den Kindern. Ich bin die ganze Zeit über den Tränen nahe. Ich glaube, ich habe den Krankenhaus-Koller. Ich mag da gar nicht mehr hin. Am liebsten gehe ich abends hin. Da ist mehr Ruhe. Heute kommt die Schwester und schickt uns raus, weil sie Frank waschen will und den Verband am Oberschenkel erneuert. Sie meint, in einer halben

Stunde können wir wieder kommen. Nach einer Stunde gehen wir hinein, da ist sie immer noch am Werk. Alles dauert ewig.

Ich liebe Frank. Doch ich kann ihn zurzeit nicht leiden sehen. Ich schreibe ihm jetzt einen Brief, da ich morgen und übermorgen nicht hingehen werde, da der Freund da ist.

Mein liebster Frank,

ich liebe dich sehr. Im Moment habe ich es sehr schwer, weil es mir schwer fällt, dich leiden zu sehen. Du siehst so ödematös aus. Jeden Tag mehr. Du siehst so traurig aus. Es bricht mir fast das Herz.

Ich möchte mit dir raus ins Freie, mit dir fliehen in die Natur, den Vögeln lauschen, die Blumen bewundern. Ich möchte dir zeigen, dass es noch was anderes Wichtiges im Leben gibt. Ich sehe auch, dass du richtig im Stress bist, um von einem Arzt zum anderen zu gelangen. Ich schreibe jetzt meine Gedanken auf, die jedoch falsch sein können. Sage mir bitte, ob sie so stimmen oder nicht und was falsch daran ist.

Ich sehe, dass du nur für die Krankheit lebst. Alle deine Gedanken drehen sich um deinen Körper, um deine Schmerzen. Ich glaube, dass das normal ist in deinem Fall. Ich weiß, dass du sehr schwer erkrankt bist, und glaube mir, es tut mir sehr weh! Ich sehe, dass die Klinik ein Nest für dich ist, in dem du dich sicher fühlen kannst. Ich weiß, dass es einen großen Schritt für dich bedeutet, hinauszugehen, hinauszufliegen aus dem sicheren Nest.

Ich muss nun für mich sorgen und für dich. Das ist jetzt meine Aufgabe. Auch der Oberarzt sagt: »Das müssen Sie machen. Schauen Sie, dass er raus kommt.« Ich trage eine große Verantwortung. Ich sehe das auf jeden Fall so, dir gegenüber und deinen Kindern gegenüber, ach, und natürlich mir gegenüber. Und meinen Sohn gibt es auch noch. Ich habe mich entschlossen, diese Verantwortung zu tragen. Bitte hilf mir dabei, den richtigen Weg mit dir zu gehen. Sage mir, was du denkst, was du fühlst. Nur so können wir uns verstehen. Noch einmal: Ich liebe dich und möchte an deiner Seite gehen.

Annemarie

21. Juni
Ein Traum:
Frank und ich wollen eine Flugreise ans Meer machen. Frank ist die ganze Zeit bereit zum Losgehen. Er hat eine Jacke an und war-

tet darauf, dass ich fertig werde. Mir fällt allerdings ständig was ein, was ich vergessen habe. Z. B. mein Fußpflegeset und meinen Bikini. Beim Schlafsack überlege ich lange, ob ich ihn brauche. Einerseits nicht, weil wir im Hotel übernachten wollen und andererseits möchte ich gerne mal im Freien übernachten. Doch da habe ich Bedenken, dass da Schlangen sein könnten. So dauert die Entscheidung, Schlafsack ja oder nein, recht lange. Ich packe in einem großen Haus. Sehrwahrscheinlich ist es mein Elternhaus gewesen, denn ich muss ständig die Treppe hinaufgehen. Eine bekannte Freundin ist in Omas Wohnzimmer und näht. Sie hat einen Haustürschlüssel und kommt, wenn sie Zeit hat. Als sie merkt, dass ich im Stress bin, sagt sie, dass sie mir jedes Mal, wenn sie da ist, einen Zettel auf die Treppe legt, damit ich weiß, dass sie da ist. Wir umarmen uns jedes Mal sehr herzlich, wenn wir uns begegnen. Das gibt mir Kraft. Immer wieder taucht Frank mit Jacke auf und wartet auf mich. Wir freuen uns beide auf den Urlaub, und Frank ist überhaupt nicht ungeduldig. Da rappelt der Wecker.

Frank habe ich zwei Tage nicht gesehen. Das tut mir sehr gut. Dadurch habe ich Abstand gewonnen. Die Klinik, die Atmosphäre, die Luft, Franks Aussehen, alles ist schwer zu tragen für mich. Ich spüre auch die Schwere des Wissens darüber, dass Frank immer noch Krebszellen hat. Ich sehne mich danach, dass Frank dieses Wissen mit mir teilt. Ich habe mir überlegt, es ihm zu sagen, sobald die Trachealkanüle entfernt ist, sobald er sprechen kann. Vielleicht muss er einen Schrei ausstoßen, was ich verstehen kann.

Frank schreibt mir den ersten Brief.
»An meine Blonde. Ich wünsche dir Erholung, gute Zeit, freue mich, wenn du das hast, freue mich, dich wiederzusehen. Jetzt ist Zeit knapp, hab mich über deinen Brief gefreut, freue mich in Liebe auf dich, Annemarie. Dein Frank.
P.S. Gerne mehr zum Brief später.«

22. Juni
Als ich um fünf Uhr in die Klinik komme, dauert es bis sechs Uhr,
bis Frank bereit ist zum Hinausgehen. Ich stehe traurig an seinem
Bett und warte. Frank liegt im Bett und schreibt: »*Sprich.*«
Ich sage: »Das ist genau der Moment, in dem ich stumm bin.«
Da breitet er seine Arme aus. Ich setze mich zu ihm ans Bett und
sage: »Ich bin sehr traurig, weil du so krank bist.« Und ich weine.
Da nimmt er mich in seine Arme, legt meinen Kopf an seine linke
Schulter und streichelt meinen Rücken. »Das tut so gut.« Er tröstet
mich. Ich spüre heute auch Kraft, Lebenskraft. Die spüre ich oft
nicht.
Um 23:15 Uhr komme ich von Frank nach Hause.

25. Juni
Ich frage Frank: »Was willst du?«
Da schreibt er: »*Ich will nach Hause.*«
»Wo ist dein zu Hause?«
»*Im Norden, und bei dir bin ich auch zu Hause.*«
»Ich glaube, du musst dich entscheiden, wo du künftig leben
willst.«
»*Ich kann mich nicht entscheiden. Jetzt bin ich krank.*«

26. Juni
Ich bin 200 km von Frank entfernt, besuche Freunde und versuche
zu entspannen.

29. Juni
Ich sitze in der Sonne im Garten und stelle mir die Frage: »Was
will ich von Frank? Was gibt er mir?« Es ist klar: Ich gebe, er
nimmt. Das kann nicht mehr so weitergehen. Was will ich von
einem kranken Mann? Er liebt mich. Das gibt er mir. Doch das
ist mir zu wenig. Ich brauche seine klare erwachsene Entscheidung, ob er mit mir leben möchte oder nicht. Ich überlege, was ich
von Frank bekomme. Mir fällt ein: inneres Wachstum, seine Aufmerksamkeit, Ehrlichkeit, Backgammon spielen und Kraft, wenn
er mich wirklich in seinen Armen hält. Ich schreibe Frank mal
wieder einen Brief. Diesmal wenig Worte in großen Buchstaben:
»*Bist du bereit eine aktive Partnerschaft an einem gemeinsamen Ort*

zu leben? D. h. wir suchen zusammen eine Wohnung, wir teilen die
Miete und sonstige Pflichten, wir entscheiden uns, ein Stück des Lebens
gemeinsam zu gehen. Ich brauche eine Antwort, denn ich kann nicht
mehr selbstlos geben. Bist du bereit, zu mir zu stehen, wie ich zu dir
stehe?«

Morgen fahre ich wieder nach Hause und somit wieder ins Krankenhaus. Ich spüre, dass sofort meine Kraft weniger wird, wenn ich an das Krankenhaus denke. Es fällt mir immer schwerer dorthin zu gehen.

30. Juni
Ich besuche Frank im Krankenhaus. Wir haben uns einige Tage nicht gesehen. Er sitzt schläfrig auf dem Balkon und beachtet mich überhaupt nicht. Ich komme mir überflüssig vor und frage mich mal wieder, was ich mir antue. Mir kommen die Tränen. Ich sage: »Ich fühle mich überhaupt nicht beachtet von dir. Freust du dich denn gar nicht, dass ich wieder da bin?« Er schaut mich kurz an und nickt mit dem Kopf, was soviel wie »Ja, ich freue mich«, heißt. Ich bin so verletzt, dass ich gar nicht bemerke, wie erschöpft Frank ist. Ich weine viel.

Wir gehen zu der Wiese seitlich der Klinik und legen uns auf eine Decke. Ich schaue in den Himmel, er liegt mit geschlossenen Augen da. Da stehe ich auf und sage: »Ich gehe jetzt nach Hause.« Er schaut mich fragend an und legt eine Hand auf meine. So schläft er wieder ein. Ich komme mir nutzlos vor.

Ich setze mich auf und stelle ihm die zwei Fragen, die mir gestern so wichtig waren und: »Ich brauche einen Mann, kein Kind. Dazu gehört, dass du Entscheidungen triffst. Ich muss wissen, wie wichtig ich dir bin.« Da nimmt er sein Handy, wirft es weit von sich und nimmt mich in die Arme. Danach schreibt er: »*Ich konnte mich vor der Krankheit nicht entscheiden und kann es jetzt auch nicht.*«

1. Juli
Frank ruft gegen vier Uhr an und klopft: »Kommst du?« Mittlerweile kann ich Wörter an seinem Klopfen erahnen. Ich verstehe ihn und mache mich auf den Weg.

Heute Morgen rufe ich Franks Psychologin an und bitte sie um Hilfe. Ich frage: »Kann ich zu Ihnen kommen?« »Das weiß ich nicht. Normalerweise nicht. Sie sind ja keine Patientin. Aber ich rede mit unserem Chef. Ich rufe sie heute oder morgen an.« Ich brauche dringend fachmännische Hilfe.

Ich merke schon beim Haupteingang, wie meine gute Laune wegfliegt. Mir fehlt die Luft zum Atmen in diesem Haus. Als ich in Franks Zimmer komme, ist er so schläfrig wie nie zuvor. Alle paar Sekunden fällt sein Kopf vornüber, und er schläft kurz ein, bis sein ganzer Körper aufzuckt und er erwacht. Es sieht furchtbar aus. So sitze ich auf seinem Bett, und mir kommen die Tränen. Ich sage, dass ich raus muss. Er geht erschöpft und müde mit.

Seit heute geht Frank zur Bestrahlung, die endlich beginnen kann. Später auf einer Bank schreibt er: »*Ich kann hier nicht länger leben. Ich möchte gerne mit dir zusammen leben.*« Ich schreibe zurück auf dem Psion: »*Kannst du dir vorstellen, kurz hier zu leben für ein, zwei Jahre, solange du in die Klinik gehen musst?*« Er zuckt mal wieder mit den Schultern.

2. Juli

Ich verletze mich viel in letzter Zeit. Vor etwa vier Wochen falle ich am See in eine Hecke mit dem linken Arm. Er ist vollkommen aufgeritzt. Es tut sehr lange sehr weh. Am Dienstag falle ich im Stehen auf mein rechtes Knie. Es ist eine große Schürfwunde, die mich sehr quält, in Bewegung sowie in Ruhe.

Am Sonntag habe ich dann den ersten richtigen Radunfall. Ich komme von einer Radtour zum Bahnhof.

Da sehe ich zwei Männer die Treppe herabsteigen, wobei der hintere die Treppe herunterfällt. Ich spüre sofort seinen Schmerz, rufe »Scheiße, Scheiße« und denke kurz daran hinzufahren.

Währenddessen komme ich zu nahe an den hohen Bordstein auf der rechten Seite. Es geht bergab und ich habe Tempo drauf. Ich komme nicht aus dem Pedalhalfter heraus und stürze auf die rechte Seite auf viele Steine.

Sofort kommt mir der Gedanke: »Ich kümmere mich um andere und vergesse mich selbst dabei.«

Muss ich immer so hart lernen? Nach einer Weile versuche ich mich wieder auf das Rad zu setzen und loszufahren. Doch es geht nicht. Ich schiebe es bis zu einem Bach. Dort wasche ich mit dem kühlen frischen Wasser meine Wunden und mein Gesicht. Die Wunde am Knie ist noch mal aufgegangen und schmerzt sehr.

Ja, heute kommt mir Frank vor, als wenn er stirbt. Ich frage ihn: »Willst du leben oder sterben?« »*Leben*«, schreibt er. Glaube ich ihm? Weiß ich, dass es zu spät ist? Frank geht es sehr schlecht. Ich gehe morgen hin, um mit dem Arzt zu reden. Frank sieht elend aus. Er teilt sich nicht mehr mit. Er ist nur noch Haut und Knochen, erschöpft und müde. Seit drei Tagen erbricht er. Heute hat er fast nichts zu sich genommen, auch kaum Tee. Seit Donnerstag geht es ihm schlechter. Ich erschrecke sehr, als ich ihn sehe.

Ich bin leer, sehr leer. Ich bin fertig. Ich habe im Krankenhaus öffentlich geweint heute Abend. Die schauen zu wie Frank stirbt.

Um acht Uhr kommen wir erst an die frische Luft. Kurz nach mir kommt der Onkel. Wir setzen uns auf eine Bank. Zuvor machen wir einen kurzen Spaziergang. Nach 20 Minuten will Frank wieder auf sein Zimmer. Ich kann noch nicht wieder hineingehen. Doch Frank will. Da geht er, wobei er sich noch ein paar Mal umdreht. Der Onkel geht mit ihm, kommt jedoch gleich zurück. Frank will alleine nach oben gehen.

Ich stehe wie versteinert, wie gelähmt da. Der Onkel kommt auf mich zu und fragt: »Willst du was essen oder trinken?« »Ich kann nichts essen.« So langsam löst sich meine Erstarrung, und ich kann langsam gehen. Ich gehe wie automatisch. Im Biergarten bestelle ich eine heiße Milch mit Honig, der Onkel einen Teller Tomatensuppe. Als sie kommt, sieht sie sehr lecker aus. So gibt er mir die Suppe und bestellt sich eine neue. Jetzt bin ich vollgefuttert, so dick fühlt sich mein Bauch an. Seit Donnerstag habe ich nichts Warmes mehr gegessen. Das ist mir gar nicht aufgefallen.

5. Juli
Am Morgen jogge ich. Das tut gut. Mein Knie tut immer noch sehr weh. Danach koche ich für Frank Broccoli mit Kartoffel und kämpfe in der Klinik dafür, dass er es essen darf. Ich mache es extra dünn, damit es durch die Magensonde geht. Die Diätberatung spricht jedoch nur von Tee und ab morgen wieder Sondenkost. Frank behält 100 ml Essen gut im Magen. Heute ist er wieder mit

dem Taxi zur Bestrahlung gefahren worden. Der Weg ist zwar nicht weit, doch hat Frank nicht die Kraft ihn alleine zu gehen.

Wir liegen wieder auf der Wiese neben der Klinik. Frank liegt auf der rechten Seite. Ich liege direkt hinter ihm und umarme ihn leicht. Ich fühle mich gut. Als ich so auf der Wiese liege, kommt mir der Gedanke, Frank zu fragen, ob er mich heiraten will. Ich muss innerlich lachen über die Frage. Irgendwann traue ich mich dann doch. »Frank, willst du mich heiraten?« Er sschreib sofort: »*Nein.*« So schnell kann es gehen. Ein bisschen bin ich enttäuscht, darüber dass er so schnell nein gesagt hat, ohne nachzudenken. Später schreibt er: »*Willst du mich heiraten?*« Ich frage: »Machst du ein Witz?« Er schüttelt den Kopf. Ich sehe ihn an und sage: »Ja. Doch leider macht es keinen Sinn, wenn du nicht willst.«

Und jetzt merke ich, wie ich mich wirklich endlich um mich kümmern will. Aus der Theorie, so viele Leute sagen das ständig zu mir, wird Praxis. Morgen werde ich Folgendes zu Frank sagen: »Frank, ich werde mich jetzt ein wenig zurückziehen und dich nicht mehr täglich besuchen.« Wenn er fragt: »Warum?«, werde ich sagen: »Weil ich mich jetzt um mich kümmern will. Und weil ich meinen Weg finden und dann gehen will.» Wenn er dann sagt: »Und ich?«, werde ich sagen: »Du kennst alle meine Gefühle, Gedanken, Wünsche und Ziele. Jetzt liegt es an dir zu handeln. Ich habe dir alles gegeben, was ich konnte.»

Heute Abend fahre ich mit dem Rad zum Tai Chi.

7. Juli
SMS von Frank an einen Freund im Norden: »*Hallo, Wettlauf mit dem Tumor, so nannte ein Arzt die kommende Zeit, Gruß Frank*«

Als ich ihm sage, dass ich mich etwas zurückziehen werde, zeigt Frank zuerst keine Reaktion. Erst als ich frage: »Was sagst du dazu?«, schreibt er: »*Das habe ich erwartet.*«

»Ich bin traurig, weil du so wenig Interesse an meinem Leben zeigst.«, sage ich. Er schreibt: »*Ich habe doch eben gefragt, wie das Zelten am Wochenende war.*« Das stimmt. Ich bin ungerecht. Er legt auch den Arm um mich, als wir in die Klinik gehen. Als wir auf der Wiese liegen, schreibt er: »*Sehr schön, deine Nähe zu spüren.*« Er gibt mir Aufmerksamkeit. Da ist nicht dran zu rütteln. Reicht es mir aus? Ja und nein. Ehrlich gesagt nein. Diese Erwartungen, die ich nicht haben will, und die doch da sind, stören mich.

Um halb fünf ruft ein Arzt von der Radiologie auf Wunsch von Frank an, der gerade bei ihm ist. Er erzählt mir dasselbe, was er kurz vorher Frank erzählte. »Das ist ein sehr aggressiver Krebs. Der Tumor wächst ständig weiter. Wer von Heilung redet, der lügt. Wir versuchen das Bestmögliche mit der Bestrahlung, doch wird es keine Heilung mehr geben. Frank will, dass Sie das wissen. Sie können mich jederzeit erreichen, wenn Sie Fragen haben.«

»Sagen Sie Frank, dass ich ihm wie bisher zur Seite stehen werde.« Ja, das meine ich ernst.

Als ich den Hörer auflege, schreie ich vor Schmerzen auf. Ich weine bitterlich und laut. Endlich sagt ein Arzt klipp und klar, was ich schon so lange weiß. Frank wird nicht mehr lange leben.

9. Juli

Als ich zu Frank komme, freut er sich sehr. Er hält mich ganz lange umarmt. Einmal schaut er mich ganz tief an. Wir können einen langen Spaziergang machen, über eine halbe Stunde. Sein erster langer Spaziergang seit vielen Tagen. Ach, es ist mir schwer ums Herz. Ich liebe Frank, und ich spüre, dass er mich liebt. Er zeigt oft von seinem Herz auf mein Herz.

Am Abend fahre ich zu einer Hospizgruppe. Vielleicht bekomme ich da Unterstützung und Begleitung.

Ich erzähle meine Geschichte, und alle hören mir aufmerksam zu. Doch leider heißt Hospiz Sterbebegleitung und nicht Trauerbegleitung. Zwei Menschen bieten mir an, dass ich sie jederzeit anrufen kann, wenn ich Hilfe brauche.

10. Juli

Ich muss diesen Arzt anrufen. Ich bitte ihn darum, mir das noch Mal zu sagen, was er mir bereits vor drei Tagen sagte. »Frank hat schlechte Heilungsaussichten. Wenn er mitarbeitet, und das tut er, hat er eine Lebenschance von 30%. Wir bestrahlen ihn jetzt zweimal täglich. Wir müssen jetzt kämpfen. Machen Sie sich keine Gedanken um die Zukunft. Ich weiß, das ist einfach gesagt. Doch leben Sie jetzt. Und rufen Sie mich an, wenn Sie noch mal Fragen haben.«

Frankfurt/M., 25.05.02 / Martina Wencke

Frank geht es sehr schlecht. Das Gesicht ist sehr geschwollen, auch die linke Seite. Sein Kopf wird nach unten gezogen, so dass er ihn gar nicht mehr aufrichten kann. Ach, es tut so weh, ihn zu sehen.

Vom Bahnhof hole ich zwei Freunde ab. Wieder haben sie einen weiten Weg vom Norden in den Süden hinter sich gebracht, um Frank zu besuchen. Wir reden bis halb eins in der Nacht. Sie sind erschüttert über Franks Aussehen, über seine Veränderungen. »Er ist so teilnahmslos. Er hat sich gar nicht gefreut, uns zu sehen, oder er konnte es nicht zeigen. Er verdrängt seine Diagnose. Er schläft oft ein.« Sie trösten mich beide. »Wenn du und Frank in den Norden kommt, hast du vielleicht mehr Unterstützung als hier.« »Wenn Frank nur noch kurz lebt, werde ich ihn begleiten. Ich kann jedoch nicht von hier wegziehen.« Diese Entfernung macht das Denken schwer. Ich bin sehr durcheinander und verwirrt. Doch nach dem Gespräch geht es mir etwas besser.

11. Juli

Frank will sich unbedingt einen Skater-Roller kaufen. Wir fahren in ein Sportgeschäft. Es ist schon erstaunlich, wie sicher er sich in der Öffentlichkeit bewegen kann.

Jetz will er seine Kinder sehen. Die Kinder wollen jedoch nicht, was ich gut verstehen kann. Ihre Mutter bittet mich, beim ersten Treffen dabei zu sein. Ich habe ihr zugesagt. Doch ich habe Angst oder Sorge vor diesem Tag. Ich möchte das den Kindern nicht zumuten. Ich finde, dass das Aussehen von Frank die Kinder überfordert. Doch Frank erhofft sich durch diesen Besuch Kraft.

12. Juli

Beim Gespräch mit Franks Psychologin habe ich begriffen, dass Frank den Tod verdrängen muss, um überhaupt weiter leben zu können. Und es wird mir klar, dass ich mich ihm gegenüber wie eine Mutter verhalte, indem ich für Essen, frische Luft und Kleider waschen sorge. Ich will Verantwortung abgeben, indem ich mich nicht mehr um das Essen kümmere.

Um vier Uhr bin ich mit Frank verabredet. Als ich ins Krankenhaus komme, geht er gerade zum Verbandswechsel. Das bestrahlte Gebiet muss eingecremt werden. »Es dauert 10 Minuten«, sagt der Pfleger. Nach 35 Minuten werde ich wütend. Frank ist nie fertig und stets mit sich beschäftigt. Ich klopfe an die Tür und sage, dass ich draußen auf ihn warte. »Es dauert nur noch einen Moment.«, sagt der Pfleger wieder.

Unten treffe ich seinen Onkel, der mir auch rät »an mich zu denken«. Das fällt mir wirklich schwer. Als wir zusammen hoch gehen, liegt Frank erschöpft und schläfrig auf dem Bett. Plötzlich klingelt er. Eine Schwester kommt, und er schreibt auf seine Tafel: »Klammern entfernen?« Ja, er könne gleich mitkommen. Er umarmt mich kurz und geht. Ich gehe auch.

13. Juni

Ich fahre Frank mit dem Rollstuhl hinaus ins Freie. Er steht einmal kurz auf und schwankt beim Gehen, so schwach ist er. Er ist total ausgemergelt, ausgelaugt. Er hat noch immer Brechreiz und Übelkeit. Auf dem Nachhauseweg kaufe ich mir das Buch »Mut und Gnade« von Ken Wilber. Er beschreibt seine eigene Geschichte: Er lernt die Frau seines Lebens kennen. Nach vier Monaten heiraten sie. Nach einer Woche wird Brustkrebs bei ihr diagnostiziert. Sein Weg mit ihr dauert fünf Jahre.

Wie lange geht mein Weg mit Frank? Ich überlege ernsthaft, ob ich eine Selbsthilfegruppe für Angehörige von Krebspatienten gründe.

14. Juli

Am Morgen bringt der Postbote mir ein kleines Päckchen. Die zwei lieben Leute von der Hospizbewegung schicken mir ein Buch. Er bedankt sich, dass ich da war und dass ich ihnen von meiner Situation erzählte. Ich bin so gerührt, dass ich anfange zu weinen.

Frank geht es sehr schlecht. Er liegt fast den ganzen Tag im Bett und döst vor sich hin. Er ist sehr schwach. Ich werde keine Partnerschaft mit Frank leben können, da er sterben wird. Ich lasse meinen Wunsch, meine Illusion, meine Erwartungen los. Ich trauere. Ich weine immer noch. Doch nicht mehr soviel und so lange. Wenn ich von Frank erzähle, sind die meisten sprachlos und hilflos.

15. Juli

Sein Bruder und ein Freund kommen Frank besuchen und übernachten bei mir. Das bedeutet für mich eine Auszeit vom Krankenhaus, vom Krebs, vom Tod.

Das Buch »Mut und Gnade« von Ken Wilber hilft mir sehr. Auch Ken hat seine Interessen zurückgesteckt. So kam er in eine große Verzweiflung und Depression. Diese schwere Zeit habe ich jetzt. Ich weine ständig und überall. Mir wird klar, dass ich mich nicht aufgeben darf. Ich muss meinen Weg gehen.

19. Juli

Frank geht es sehr schlecht. Er ist sehr müde und kann gar nicht die Augen öffnen. Doch plötzlich steht er sehr schnell auf. Ich wundere mich darüber. Ich kann ihn überreden, mit mir zum kleinen See zu fahren. Nach einer Stunde will er wieder zurück in die Klinik. Ich bin auch müde. Es ist wie eine Ansteckung. Ich bin sehr traurig im Krankenhaus. Es ist so schlechte Luft im Raum. Es riecht nach faulendem Gewebe.

20. Juli

Frank geht es immer noch sehr schlecht. Er liegt erschöpft im Bett, sein Kopf fällt zur Seite, das rechte Auge ist halb offen und das linke geschlossen. Ich lese ihm aus dem Buch: »Das tibetische Buch vom Leben und Sterben« vor. Mir tun die Texte gut, und ich habe das Gefühl, ich tue Frank und mir Gutes. Wir reden sogar darüber, wie Frank bestattet werden will.

21. Juli

Der Onkel ruft an: »Die Bestrahlung ist eingestellt.«

Ich bin schockiert. Wieso erfahre ich das nicht? Wieso teilen mir das weder Frank noch die Ärzte mit? Sie wurde bereits gestern eingestellt. Da war ich doch in der Klinik!

22. Juli

Heute kommen die Kinder mit Mutter und Oma. Um 16:15 Uhr hole ich sie vom Bahnhof ab. Die Tochter möchte Frank nicht so nahe kommen. Sie hat Angst. Doch Frank ignoriert das vollkommen und geht auf sie zu. Sie flüchtet ins Auto. Ich bleibe bei ihr, während die anderen einen kleinen Spaziergang machen. Ich bin traurig, weil Frank sich nicht an die Abmachung hält.

24. Juli
Eben in der Klinik rutscht mir der Satz: »Du wirst gehen, und ich werde alleine zurückbleiben.« heraus.
»*Was soll das?*« schreibt Frank erbost auf seine Tafel.
Ich sehe ihn an, und mir kommen die Tränen, weil er sein Sterben immer noch verdrängt. Ich dachte, seit Donnerstag hat er den Tod angenommen. »Weißt du, dass du nicht mehr gesund wirst?« Frank schaut mich lange an. »Weißt du, dass du sehr krank bist und einen sehr aggressiven Krebs hast?«
»*Wie lange noch?*«, schreibt er.
»Ich weiß es nicht.«, antworte ich.
»*Darum habe ich Weihnachten vorverlegt.*«, schreibt er traurig auf seine Tafel.

25. Juli
Ich spreche Frank auf unser gestriges Gespräch an. Er kann sich nur noch halb erinnern. Schon wieder hat er das Sterben verdrängt. Ich frage ihn: »Willst du hören, was ich noch zu sagen habe?« Er nickt.
Unter Tränen sage ich: »Es besteht keine Chance auf Heilung. Alle wissen, dass du am Sterben bist. Ich finde die Ärzte verantwortungslos, dass sie dich nicht aufklären und dir somit keine Chance auf eine mündige Entscheidung geben. Sie machen nur Vorschläge, die einem die Haare zu Berge stehen lassen, wie die Operation oder die Chemotherapie, obwohl bekannt ist, dass dieser Krebs nicht darauf reagiert. Ich finde es unter aller Würde und ohne Achtung, dass du nicht aufgeklärt wirst. Ich möchte nicht mehr mit anderen über dein Sterben reden und mit dir nicht.«
Er hört mir aufmerksam zu. Und ich fühle eine Erleichterung.

26. Juli
Frank geht es besser seitdem die Bestrahlung abgesetzt ist. Er ist wacher und das Gesicht ist weniger geschwollen. Ich lese ihm jeden Tag aus dem tibetischen Handbuch vom Leben und Sterben vor. Er genießt es, wenn ich ihm vorlese. Auch rede ich mit

ihm über das Sterben und den Tod, und dass ich mir wünsche, dass er sich selbst entscheidet und nicht die anderen für ihn entscheiden. Er ist gerade sehr liebevoll zu mir. Ich genieße das. Ich genieße auch die Ehrlichkeit, die wir miteinander haben. Ich vertraue Frank.

Hoffentlich denkt der Professor an unser Gespräch. Ich glaube es erst, wenn er da ist. Ich bereite mich auf das Gespräch vor und überlege mir wichtige Fragen, die ich ihm stellen möchte.

27. Juli

Beim Gespräch mit dem Professor wird es Frank klar, dass er am Sterben ist. Er sagt:»Ich konnte Ihnen nicht früher sagen, dass mit einer Behandlung kein wesentlicher Erfolg erzielt werden kann. Dieser Krebs ist sehr bösartig und hat ein aggressives Wachstum. Wir wissen nicht, ob die Tumorzellen gerade aktiv oder inaktiv sind. Wir wissen nicht, wie lange wir diesen Zustand beibehalten können.« Darauf frage ich:»Heißt das, dass seine Lebenszeit verkürzt ist?« Frank schaut mich fragend und erstaunt an. »Das muss ich leider mit »Ja« beantworten«, sagt der Professor.

Frank kommen die Tränen, und ich spüre Wut in ihm. Der Professor erzählt, dass er,»wenn nicht jeden Tag, so doch jeden zweiten Tag an ihn denkt, nicht nur medizinisch, sondern auch menschlich. Sie haben schon sehr viel geleistet auf diesem Weg. Alle beide. Das muss ich mal sagen.« Gegen Ende sage ich:»Ich danke Ihnen für das Gespräch.« Er nickt und bietet uns Hilfe an beim Thema »Leben und Sterben. Ich gebe Ihnen alle Hilfe, die Sie brauchen. Es gibt Personal hier in der Klinik, die Ihnen helfen können. Sagen Sie mir Bescheid. Allerdings bin ich ab morgen zwei Wochen weg.« Nach diesem Gespräch bin ich sehr traurig. Ich will einen Spaziergang machen. Frank ist sehr erschöpft und schläfrig. Ich warte, bis er sich aufrappelt und mit mir nach draußen geht. Ich weine die ganze Zeit leise. Frank nimmt mich ab und zu in die Arme. Irgendwann kommt eine leichte Lähmungserscheinung in meinen Körper. Ich laufe langsam und automatisch den Weg entlang und starre geradeaus. Frank nimmt mich bei der Hand und führt mich. Kurz vor dem Eingang komme ich wieder ein wenig zu mir. Später im Auto fahre ich ganz mechanisch nach

Hause. Ich bin nicht bei der Sache. Gott sei Dank beschützen mich alle Schutzengel des Universums.

Wieder weine ich. Zuhause angekommen, rufe ich einen Freund von Frank an, um ihm von der Realität zu berichten.

28. Juli

Ich rufe auf der Station an, um zu fragen, wer Frank und mich begleiten kann. »Wer sind Sie überhaupt?«, fragt der Pfleger. Es trifft mich zutiefst. Ich gehe seit Monaten zu Frank in die Klinik, und die kennen immer noch nicht meinen Namen. Der Pfleger: »Wir sind dafür nicht ausgebildet. Da müssen Sie sich woanders hinwenden. Wir sind dafür nicht geeignet. Ich möchte mit Ihnen darüber nicht diskutieren. Und was ich Ihnen schon lange mal sagen wollte, auch wenn es eine Kritik ist, waschen Sie Ihrem Freund doch mal die Kleider. Er steht im Bad und wäscht seine Kleider selbst.« »Hören Sie, ich wasche fast täglich seine Kleider. Er hat genug Wäsche im Schrank. Er muss diese nicht waschen.« Wieder trifft es mich, weil ich das Gefühl habe, mich rechtfertigen zu müssen. Dass er sagt: »Sie sind eine Außenstehende.«, gibt mir den Rest. Ich weine hemmungslos, nachdem ich den Hörer aufgelegt habe.

Franks Bruder ruft an: »Ach vergiss das doch, wirf es über Bord. Du bist die wichtigste Person für uns alle. Wir wissen das.« Danach rufe ich den Professor an. Ich bedanke mich nochmals für das Gespräch und will Namen von Personen wissen, die uns Hilfe leisten können. »Ich danke Ihnen auch für das Gespräch. Ohne Sie hätte ich nicht so klar sein können. Sie haben die richtigen Fragen eingeworfen. Ich werde die Pflegedienstleitung informieren. Die setzt sich dann mit der Station auseinander. Ich bewundere Sie, dass Sie Frank begleiten wollen. Aber eine wichtige Frage habe ich an Sie. Habe ich Sie richtig verstanden, dass Sie Frank beim Sterben begleiten wollen?« Ich spüre, er will auf etwas Bestimmtes hinaus, verstehe jedoch nicht auf was. »Können Sie Ihre Frage noch mal wiederholen? Was meinen Sie genau?« »Möchten Sie mit Frank weggehen?« »Sie meinen, ob ich mit ihm sterben möchte?« »Ja, so habe ich Sie gestern verstanden, und das macht mir Sorgen und hat mich erschreckt.« »Nein, ich will leben! Ich möchte Frank auf seinem schweren Lebensweg nicht alleine lassen und ihn dabei begleiten.« Dabei kommen mir die Tränen. »Wir sind erst seit Januar zusammen.« »Was für eine Geschichte.«, sagt er bestürzt und »Ich werde Ihnen helfen, wo ich kann.« Ich glaube ihm. Nach dem Gespräch bin ich entsetzt, dass das Wort Sterbebegleitung so falsch verstanden werden kann.

Frank schreibt mir eine SMS: »*Annemarie, du gehörst zu mir, bei der Übergabe wird eine Schwester ziemlich allen sagen, dass du mich vertrittst! Kuss F.*« Um zwei Uhr heute Nacht weine ich immer noch, auch laut. Ich lese im Buch »Deathing.« Da stehen Ratschläge für Begleitpersonen von Sterbenden drin. Die habe ich alle gelesen. Das sind wertvolle Tipps. Der eine lautet: »Trauern Sie vorher oder danach. Denn Sie brauchen alle Kraft für sich und ihren sterbenden Freund.« Ja, das ist wahr. Ich trauere jetzt schon ein wenig, auch in Gegenwart von Frank. Wo will Frank sterben? Das wird meine nächste Frage an ihn sein. Hier gibt es kein Hospiz.

Am Abend bin ich zu einem Geburtstag eingeladen. Dort stehe ich wie neben mir. Jetzt sind andere Dinge wichtig.

29. Juli

Als ich die Tür zu seinem Zimmer öffne, überfällt mich eine noch stärkere Traurigkeit, und ich fange sofort an zu weinen. Frank tröstet mich, indem er mich fest in seine Arme nimmt. Das tut gut. Wir haben eine liebevolle Atmosphäre miteinander. Er schreibt heute sehr viel. Vor allem darüber, wem er was vererbt. Besonders, was die Kinder bekommen. Er schreibt, dass er in seine Heimatstadt möchte. »Wohin denn dort?«, frage ich. »Ins Hospiz?« schreibt er.

Ich spüre einmal sogar Freude. Freude darüber, dass er sich mitteilt, dass er sich Gedanken über sein »*Weggehen*« macht, dass er »*aufräumen*« will.

Um 20 Uhr treffen wir uns mit Freunden und gehen am Fluss entlang spazieren. Frank schafft den Rückweg nicht mehr. So gehe ich im Dauerlauf das Auto holen. Ich bin von 15:30 bis 23:00 Uhr bei ihm. Es strengt mich sehr an, so lange in der Klinik zu sein. Aber ich komme oft nicht früher weg. »*Danke, mein Stern*«, schreibt Frank zum Abschied.

Ich gehe mit ihm mit. Egal, wo er hingeht.

30. Juli

Ich rufe eine Freundin an, um sie nach dem Hospiz zu fragen. Es ist eine Palliativ-Station in einer Villa mit sechs Betten in einem großen Park. Unter dem Dach gibt es ein Kämmerchen für Angehörige. Ich fahre jetzt eine kleine Runde mit dem Rennrad.

Frank wiegt 56 kg und hat Haarausfall. Er muss sehr oft sehr viel abhusten. Andauernd kommt grünes bis blutiges Sekret aus der Trachealkanüle. Manchmal kommt es so plötzlich, dass er es weit in die Gegend abhustet. »*Ich fühle mich ekelig*«, schreibt er. Er ist so schwach, dass es meinem Herzen weh tut, ihn zu sehen. Heute ist er zu schwach für einen Spaziergang. Ich lese ihm aus dem Buch »Das tibetische Buch vom Leben und Sterben« vor. Frank wird nur noch ein paar Monate leben.

Dann ist er wieder einmal sehr aggressiv zu mir und wirft die Schreibtafel auf das Bett und beachtet mich nicht mehr. Das verletzt mich. Ich weine und ziehe mich zurück. Ich fahre nach acht Stunden erschöpft nach Hause.

Eine Freundin ruft an. Wir telefonieren fast eine Stunde. »Ich weiß gar nicht, was ich sagen soll.« Das sagen auch viele andere. Das ist in Ordnung. Schlimmer ist, wenn um den heißen Brei geredet wird oder so getan wird, als wäre alles in bester Ordnung.

Um 2:07 Uhr schreibe ich Frank eine Nachricht auf sein Handy: »*Lieber Frank! Ich danke dir für die schönen Stunden mit dir, für deine Offenheit und für deine Liebe!*«

31. Juli

Heute findet das Gespräch mit der Sozialarbeiterin und der Psychologin statt. Das Gespräch ist schwierig, da Frank das Reden mir überlässt. Es geht um die Frage: Wo kann und darf Frank sterben? Er selbst möchte zu sich nach hause. Sein Bruder hat ihm auch angeboten, zu ihm zu kommen. Ich bin mal wieder Franks Sprachrohr. Er selbst ist sehr erschöpft und kann sich kaum auf dem Stuhl halten. Er schläft fast darauf ein. Ich gebe der Sozialarbeiterin die Telefonnummer des Hospiz. Sie ruft sofort dort an und bekommt die Zusage, dass Frank dorthin verlegt werden kann. Nun regelt die Klinik die Verlegung. Ich werde Frank dorthin begleiten, 950 Kilometer von hier entfernt. Die ersten Tage übernachte ich auch im Hospiz, wenn ich dann soweit bin, werde ich in Franks Wohnung ziehen. Dieser Gedanke fällt mir schwer, da ich weiß, dass er selber nie wieder in seiner Wohnung leben wird. Ich habe mich ganz klar entschieden, Frank beim Sterben zu begleiten und ihn somit an jeden Ort zu begleiten, wo er hinmöchte.

Am Nachmittag nehme ich Frank mit zu mir nach Hause. Das Ganze kommt mir vor wie im Film. Da liegt ein todkranker Mann total geschwächt auf meinem Bett und döst vor sich hin. Oft zuckt sein ganzer Körper zusammen. Er ist sehr angespannt. An das Zucken habe ich mich schon gewöhnt. Am Anfang war es furchtbar für mich. Er bekam heute eine neue Trachealkanüle. Er röchelt die ganze Zeit über. Eigentlich ist das gar nicht auszuhalten, was ich da aushalte.

Ich lege mich neben ihn. Er riecht nicht gut, aber ich überwinde mich. Er schreibt: »*fühle deine Nähe besonders gern*« und »*kuss + danke.*« Ich bin so traurig, dass ich keine Worte dafür habe. Ich muss so viel loslassen. Der Schmerz ist sehr groß, denn Frank wird nur noch eine kurze Zeit leben.

1. August
Es kommt sehr viel zusammen, um das ich mich kümmern muss. Krankenkasse, Begleitperson, Arbeitsamt, Arbeitgeber, Nachsendeantrag, meine Katze, Sperrmüll, Abschiednehmen von Freunden, von meinem Sohn.

Und jedes Mal, wenn ich sage: »Mein Lebensgefährte stirbt an Krebs. Ich werde ihn begleiten.«, muss ich weinen. Es ist so schwer zu tragen. Ich weine laut. Ich habe ein wenig Angst, wenn ich in die Zukunft blicke. Wenn alles vorbei ist, werde ich für kurze Zeit in ein Kloster gehen oder in ein Yoga-Zentrum zum Meditieren, zum Zur-Ruhe-Kommen, zum Trauern. Mein Magen ist mal wieder wie zugeschnürt. Ich habe keinen Appetit, kann nichts essen. Gleichzeitig fühle ich mich so leer. Ich habe keinen Menschen zum Reden. Meine Freundinnen sind im Urlaub, haben keine Zeit oder arbeiten. Ich bin alleine. Ich trauere. Ich muss aufspringen, weil mich das Leid packt. Ich bin unruhig. Ich räume überall ein bisschen auf. Den Haushalt habe ich ja auch noch zu versorgen.

Ich treffe eine Hausbewohnerin. Sie ist auch traurig und entsetzt über dieses Leid.

Zwei Tage schien die Sonne, es ist heiß. Heute regnet es wieder. Es ist ein verregneter Sommer. Für Frank genau richtig. Sonst schwitzt er so. Er hat oft Hitzewallungen.

Hoffentlich schaffe ich das alles. Beim Schreiben dieser Worte fühle ich, dass ich es schaffe. Ich weiß trotz aller Traurigkeit, trotz allem Leid, dass ich glücklich werde. Ich erlebe auch schöne Minuten mit Frank. Ich kann mich ihm mitteilen. Meine Gedanken, meine Träume, meine Vorstellungen, trotz Krebs, trotz Tod. Ich darf ehrlich sein. Ich bin sehr dankbar darüber. Ich spüre auch, dass ich Veränderungen bei den Ärzten von Frank auslöse, dass sie bewusster über das Leben und ihre Arbeit nachdenken. Das unterstelle ich ihnen jetzt einmal.

Frank ruft an. Ein Student erzählt, dass die Verlegung sehr wahrscheinlich am Montag sein wird. Frank muss liegend mit dem Krankenwagen transportiert werden. Es wird ernst.

Ich telefoniere mit der Ärztin im Hospiz. Ich kann dort die ersten Tage im Kämmerchen schlafen. Ich weine laut. Ich gehe weg, und ich weiß nicht für wie lange. Aber ich gehe. Ich lerne jetzt Sterbebegleitung. Ich lese mehrere Bücher darüber. Es tut mir gut. Es sind Lehrbücher. Ich bin traurig und das ist gut, denn im Sterbeprozess brauche ich Kraft für Frank und für mich. Ich taue noch den Kühlschrank ab. Das wollte ich schon die ganze Zeit tun.

Eben klopft die Hausbewohnerin an meine Tür und sagt: »Ich mache jetzt einen Putensalat. Wir haben zwei Videos ausgeliehen, und ich habe eine Flasche Rotwein gekauft. Kommst du?« »Oh, das hört sich gut an. Ja, ich komme.« Dadurch kommen mal andere Gedanken in meinen Kopf.

2. August

Kurz vor acht fahre ich zur Gärtnerei, um mich zu verabschieden. Die Sonne scheint wieder. Ich fahre gleich zum Arbeitsamt und versuche meine Situation zu klären. Wie bekomme ich ein paar Mark, dass ich leben kann? Das Blöde ist, dass ich stets anfangen muss zu weinen, wenn ich erzähle, dass ich Frank begleite. Ich will auf dem Amt nicht weinen. Ich fahre mit dem Rad. Das tut mir gut. Auf dem Arbeitsamt gibt es keine Lösung für mich. Ich heule und unterdrücke gleichzeitig die Tränen. Ich fahre zu meiner Ärztin. »Jetzt heulen Sie zuerst einmal«, sagt sie, setzt sich neben mich und legt ihre Hände auf meinen Brustkorb und Rücken. Sie ist ein ganz lieber Mensch. Vier Stunden bin ich unterwegs.

Ich hole Frank ab. Er will bei mir zu Hause sein. Das ist gut. Dann kann ich noch einiges erledigen, Rechnungen überweisen, mit der Bank reden, dass sie mir die Kontoauszüge zusenden, u.s.w.

Meine Schwester kommt, um sich von Frank zu verabschieden. Er sitzt in unserer Mitte und weint. »Warum?«, frage ich. »*Ach, ich bin so mit dem Materialismus beschäftigt, dass ich keine Zeit für Nähe habe.*«, schreibt er auf seine Tafel und »*Luftnot / vielleicht zurück?*« Ich sage: »Wenn du jetzt zurück willst, läufst du vor der Nähe weg, die wir drei hier haben. Im Krankenhaus gibt es keine Nähe.« So bleibt er noch und entspannt ein wenig. Später packt er mühevoll seine Sachen zusammen. Er schenkt mir sein Lieblingsrennrad. Es ist auch mein Lieblingsrad geworden.

Ich rufe die Mitfahrzentrale an. Hoffentlich fährt jemand mit, damit ich die weite Strecke nicht alleine fahren muss. Montagmorgen gegen acht Uhr will ich losfahren. Für morgen habe ich Sperrmüll beantragt. Das muss ich heute alles noch vor die Tür stellen.

Hoffentlich schaffe ich das alles.

3. August
Die Sonne scheint heute wieder. Ich fahre mit dem Rad. Das tut mir gut.

Lieber Freund,
Frank und ich werden am Montag in den Norden ins Hospiz fahren. Es ist sein Wunsch dort zu sein. Frank wird mit dem Krankenwagen transportiert. Ich fahre mit seinem Auto. Ich bin in großen Vorbereitungen, da ich denke, dass ich für mehrere Wochen Franks Lebensgefährtin sein werde auf seinem letzten Lebensweg. Ich kann jetzt nicht mehr eingehend auf Deinen Brief antworten. Vielleicht wird es lange Zeit dauern, bis ich antworten kann.

Falls Du mir schreiben willst, geht das, da ich einen Nachsendeantrag gestellt habe. Und ich habe ein Handy. Leider habe ich Eure Handy-Nummer nicht. Ich werde jetzt einen schweren Weg gehen. Doch bin ich dazu bereit.

Ich wünsche Dir alles Gute, viel Liebe, Nähe und Distanz und einen
schönen Familienurlaub.
Annemarie

4. August
Ich habe Wäsche gewaschen, Brotteig angesetzt, gejoggt und anschließend habe ich die Wäsche aufgehängt. Hoffentlich ist Christel zu Hause. Zur Post muss ich auch noch gehen.
   Das Brot ist im Ofen, die Küche aufgeräumt. Christel kommt
erst morgen. Ich verabschiede mich noch von Freunden.

5. August
Jetzt habe ich mich von allen verabschiedet. Ich habe gebadet. Das
entspannt mich.
   Jetzt packe ich die Kleider ein, von denen ich glaube, dass ich
sie brauche. Ich weiß ja gar nicht wie lange ich unterwegs bin.
Ich packe auch warme Kleidung ein und die Beerdigungskleider.
Das Wort schreibt sich ganz langsam und macht mich traurig. Ich
weiß nicht, wie lange ich fort sein werde. Was soll alles mit?
   Frank hat eine Tumorkachexie. Er baut immer mehr ab. Er kommt
heute nicht zu mir nach Hause, weil er sich ausruhen will. Ich
gehe heute auch nicht hin. Er schreibt mir eine SMS: »*Hallo meine
Blonde, x. Versuch, würde gern hier mit dir was machen, Kuss + Frank.*«
Ich will nicht ins Krankenhaus. Die Atmosphäre macht mich traurig, sogar jetzt weine ich, wenn ich nur daran denke, dort zu sein.
   Das Helfen ist schwer. Wie geht das Helfen, ohne sich selbst zu
vergessen?

6. August
SMS von Frank an einen Freund im Norden: »*Hallo, Montag Verlegung in den Norden, Annemarie kommt mit, Gesicht leider geschwollen,
Müde Frank*«
   Das nächste Mal, wenn ich am Computer sitze, um zu schreiben, ist Frank sehrwahrscheinlich nicht mehr da. Das lässt mich
jetzt erst mal tief durchatmen. Manchmal denke ich, dass diese
Momente gar keine Wirklichkeit sind. Doch wenn ich dann weine,
begreife ich die Realität. Wie wird es mir gehen, wenn ich das

nächste mal hier sitze? »Loslassen und Gott lassen«, steht immer wieder in dem »Mut und Gnade« Buch.

Loslassen und Gott lassen. Das ist es.

Ich bin mit Christel zum Frühstück verabredet. Wir haben ein sehr weiches besonnenes, zuhörendes, aufmerksames Gespräch. Sie bedankt sich bei mir, dass ich sie an meinem Leben teilhaben lasse. Sie sei manchmal erschüttert, wenn sie über mein Leben nachdenke. Das, was ich erlebe in jungen Jahren, erleben oft viele Menschen überhaupt nicht. Das stimmt. Ich sage ihr, dass sie die einzige ist in dieser schweren Zeit, die einfach für mich da ist. Das stimmt nicht ganz so. Jedoch muss ich mit anderen stets Termine machen, die dann oft nicht zustande kommen. Christel und ich rufen uns einfach an, und dann sehen wir uns oder auch nicht. Wir kuscheln, essen, reden, schwimmen, gehen spazieren. Es ist stets einfach mit ihr in Kontakt zu kommen. Sie ist für mich da. Ich weiß, dass sie oft in Gedanken bei mir ist. Ich fühle das bei ihr am stärksten.

Als ich Frank besuche, gehe ich alle Strecken zum Krankenhaus in dem Bewusstsein ab, dass ich sie zum letzten Mal gehe. Ich helfe ihm beim Koffer packen, bzw. ich packe alles alleine, denn er liegt teilnahmslos im Bett. Er hat eine Vollmacht ausgefüllt und sie mir gegeben. Er hat angekreuzt, was ich alles regeln soll, bei der Wohnungsauflösung hat er sogar zwei Kreuze gemacht. In der Klinik entscheide ich, dass ich heute schon losfahre. Schließlich sind es tausend Kilometer, die zu fahren sind. Ich rufe die Freundin an, die im Januar geheiratet hat und frage sie, ob ich heute Nacht spät ankommend bei ihr übernachten kann. Natürlich kann ich das. Eine Freundin hilft mir beim Auto Beladen.

Um halb zwei in der Nacht komme ich an meinem Ziel an. Ich werde schon erwartet.

7. August

Um zehn Uhr stehe ich erschöpft auf. Nach dem Frühstück machen wir mit dem Hund einen Spaziergang, der mir gut tut. Viertel nach eins fahre ich weiter in den Norden. Heute beginnt ein neuer Abschnitt in meinem Leben. Ich gehe meinen Weg und bin mir sicher, dass ich die richtigen Menschen zur richtigen Zeit treffen werde. Um sieben Uhr am Abend komme ich an. Frank ist bereits seit vier Uhr hier. Ein Krankenwagen hat ihn hierher gebracht, da er liegend transportiert werden musste.

Er empfängt mich am Eingangstor. Erschöpft und ausgemergelt nimmt er mich in die Arme. Er ist »*leicht genervt und traurig*«. Er teilt sich nicht viel mit. Sein Zimmer heißt Lindenzimmer. Alle Zimmer haben Blumen- oder Baumnamen. Sogleich legt sich Frank wieder ins Bett. Er liegt wie so oft mit nach links gefallenem Kopf bis auf die Schulter da. Das rechte Auge nur halb geschlossen. Es sieht furchtbar aus.

Ich beziehe ein schönes Zimmer unter dem Dach. Da fühle ich mich wohl. Nach dem Kofferauspacken falle ich müde ins Bett.

8. August

Helfen ist schwer, wenn man auch an sich selber denkt. Beim Gespräch mit der Ärztin: »Warum begleiten Sie Frank? Aus Verpflichtung?« »Nein, eher weil ich eine Art Liebe zu ihm spüre, und weil es jetzt meine Lebensaufgabe ist. Ich wachse daran.«

Ich übernehme Verantwortung für die Entscheidung, meine Interessen für Frank nach hinten zu stellen. Schaffe ich das wirklich?

Frank ist heute oft hart zu mir. Das bemerken auch andere. Frank ist voller Gefühle und durcheinander.

Es kommt kein freundliches Wort für mich. Ich gehe mit der Freundin, die hier arbeitet, essen. Er fragt, wann ich zurückkomme. Ich sage: »Gegen halb zehn.« Doch es wird zehn Uhr. Da schreibt Frank: »*21:30?*« und schaut mich dabei böse an. Das kommt mir so entwürdigend vor. Mir kommen die Tränen. Wütend gehe ich im Zimmer auf und ab und sage: »Weißt du eigentlich, dass ich mein ganzes Leben aufgegeben habe, um dich hierher zu begleiten, dass ich bemüht bin, dir Gutes zu tun, dir zu helfen, deine Wünsche erfülle, für dich Gespräche führe? Ich tue für dich, was ich kann. Doch ich frage mich, wieso ich mir das hier antue, wenn kein freundliches Wort von dir kommt, du dich nicht mitteilst und ich alles erraten soll?«

Da packt er sein Buch, seine Tafel, seine Tücher und legt sie sorgfältig auf das Nachtschränkchen. Es wird ruhig im Zimmer. Daraufhin nehme ich meine Wasserflasche und gehe. Oben in meinem Zimmer heule ich gleich los und rufe die Freundin an. Ich muss mich mitteilen, sonst platze ich, oder ich zerbreche an diesem Leid. Ich weiß, dass Frank in einer schwierigen Lebensphase ist, in der Wut, Aggression, Trauer und Zorn durcheinander wirbeln. Und all das krieg ich ab. Und doch sehe ich das als Vertrauensbeweis von Frank an.

Christel ruft mich an. Sie ist eine treue Freundin. Ohne sie wäre ich nicht soweit, wie ich jetzt bin. Bei ihr ist Schutz, Sicherheit, Nähe, Geborgenheit und Liebe.

9. August

Mir kommt wieder die Situation von gestern in den Sinn, als ich essen ging. Zuvor habe ich fast zwei Tage nichts gegessen. Und ich komme eine halbe Stunde später ins Hospiz als ich sage, und schon ist Frank aggressiv. Das ist oft so, wenn ich mir was Gutes tun will, wird Frank aggressiv. Frank hat diese Phase, und ich werde sie ertragen. Ich habe ein gutes Gespräch mit der Freundin. Sie ist hier für mich da. Sie hat so weiche Hände, und ich darf meinen Kopf an ihre Schulter lehnen.

Ich meditiere: Beim Einatmen denke ich: »beruhigen« und beim Ausatmen: »lächeln«, wieder beim Einatmen: »gegenwärtiger Moment«, beim Ausatmen: »wunderbarer Moment«.

Und ich spreche laut ein Schutzgebet:
»Ich umhülle mich mit dem weißen Licht der Christusliebe.
Es reinigt meine Gedanken und Gefühle,
und es schützt meinen Geist und meine Seele.
Mögen alle Wesen, die mir begegnen, von Licht und Liebe erfüllt sein.«

Ach, das tut gut, dies zu beten. Ich gehe jetzt zum Bioladen einkaufen. Dort gibt es einen feinen Wein.

Als ich vom Hospiz-Garten komme, treffe ich einen Pfleger und eine Schwester. Ich sage: »Ich habe gerade keine Kommunikation mit Frank.« und erzähle ihnen von gestern Abend. Der Pfleger findet es richtig, dass ich ging. »Es ist wichtig, dass Sie Frank Grenzen setzen.« Plötzlich steht Frank da und will, dass ich mit ihm und seinem Besuch in den Garten gehe. »Nein«, sage ich unter Tränen, »Du machst doch sowieso, was du willst. Ich möchte als Mensch von dir behandelt werden, nicht als Maschine.« Oben im Kämmerchen angelangt, muss ich ganz stark weinen. Ich trinke einen Becher Rotwein. Jetzt geht es mir besser.

Bevor ich in den Park gehe, treffe ich die Ärztin: »Sie müssen hier Ihre Rolle finden. Frank hat seine Rolle schon lange: schwerkranker Patient.« Später findet Frank mich im Park. Wir machen einen Spaziergang, nicht miteinander, eher hintereinander. Doch es ist eine erste Annäherung.

Am Abend kommt ein Freund von Frank. Als er mich sieht, fragt er: »Hat Frank noch diesen Zorn?« Wie konnte er davon wissen? »Ich habe es im Süden in der Klinik erlebt. Es war furchtbar, wie er Befehle erteilte und dies so zornig rüberbrachte. Aber wo kommt das her?« Ich muss wieder weinen. Da kommt der Freund, legt den Arm um mich und weint mit. Zusammen gehen wir zu Frank. Später gehen wir in die Stammkneipe. Wir spielen Skat, und ich trinke zwei Bier.

Zurück im Hospiz trinke ich mit der Nachtschwester einen Tee. Um ein Uhr gehe ich in mein Kämmerchen und lese noch eine halbe Stunde. Das war mal ein schöner Abend, ohne Stress und Krankheit.

10. August

Um halb zehn Uhr am Morgen, steht Frank plötzlich in meinem Zimmer und schreibt: »*Jetzt Kanülenwechsel, 10 Uhr Herr K.*« Er ist Seelsorger und Psychotherapeut und will auch für mich da sein. Er sagt: »Das muss eine große Liebe sein, dass Sie hier sind.«

Am Nachmittag kommt der Sohn. Er und Frank spielen Schach, wobei Frank große Mühe hat, sich zu konzentrieren. Er nickt andauernd ein, dann fällt der Kopf nach vorne. Erstaunlich wie der Sohn dieses Schauspiel erträgt.

Frank und mir geht es besser. »*Ich will nicht mehr*«, schreibt er. »Gibt es denn noch was Schönes, was du gerne tun möchtest?« »*Das ist alles für Gesunde.*«

So liegt er zwei Stunden dösend da. Ich lese ihm vor und halte seine Hand. Am Abend bin ich bei Freunden zum Abendessen eingeladen. Es ist sehr schön. Um 22 Uhr komme ich zurück. Da kommt mir die Schwester sehr aufgeregt entgegen und erzählt: »Frank ist seit einer halben Stunde weg. Er ist einfach weggegangen.« Sie ist in Sorge. Ich rufe Frank auf dem Handy an, um zu erfahren, wo er sich aufhält und gehe ihm entgegen. Bald treffen wir uns. Er war bei MC Donald und kaufte sich einen Milchshake.

Er strahlt über das ganze Gesicht und ist sichtlich glücklich über seine nächtliche Einkaufstour. In der Küche bereitet er sich sogleich den Milchshake zu und spritzt ihn sich in die Magensonde. Er schmeckt gar nichts und ist doch so glücklich.

In seinem Zimmer, lege ich mich zu ihm auf das Bett, strecke meine Füße unter seine Decke und lege meinen Arm um seine Schulter. Er schreibt:»*Ich bin gehandicapt und kann dich nicht einfach in meine Arme nehmen.*« Wir haben ein gutes Gespräch über passive Sterbehilfe. Frank will wissen, was das genau ist in seinem Fall.

»Also, wenn der Patient keine Nahrung mehr zu sich nehmen möchte, dann wird das hier respektiert.«

»*Soll ich das tun?*«

»Wenn du dich dafür entscheidest, bin ich bereit, diese Zeit mit dir zu verbringen.«

Er drückt mir dankbar die Hand und schreibt: »*Fünf Tage? Gutes Herz! Ich sah meine Mutter kämpfen!*«

»Ich glaube, dass es keinen Kampf geben wird, wenn man sich wirklich auf den Sterbevorgang vorbereitet, und wenn man einen Begleiter hat, der einem zur Seite steht.«

»*Zehn Tage?*«

»Auch wenn es zehn Tage dauert. Ich habe mich entschieden, dich zu begleiten, und das tue ich dann auch.«

»*Willst du bei mir schlafen? Die stellen ein Bett hier rein.*«

»Ja, wenn es soweit ist, dass du am Sterben bist und du im Bett liegst, dann möchte ich auch ein Bett hier haben.«

»*Das wird anstrengend für dich*«

»Ja, das glaube ich auch. Doch ich habe Kraft und Freunde, die mich unterstützen. Und es gibt mir Kraft, wenn wir offen über dieses Thema reden.«

Heute gehen wir liebevoll auseinander.

11. August
Als ich vom Joggen komme, habe ich wie so oft eine Feder in der Hand. Frank schaut grimmig, als wir uns sehen. »*In den Federn sind Bakterien, die krank machen*«, schreibt er.

»Frank, ich sammle schon seit ich denken kann Federn und bin noch nicht davon krank geworden.«

»*Wenn es aber so ist!*« schreibt er und unterstreicht es noch.

Ich gehe ins Kämmerchen, dusche und trinke einen Becher Rotwein. Das hilft mir, diese Situation zu ertragen.

12. August
Heute mache ich mit Freunden einen Ausflug zu den »Wikinger Tagen«. Da wird gezeigt, wie diese lebten, arbeiteten und aßen. Ich vergesse für kurze Zeit mein trauriges Lebenskapitel. Das tut einfach gut.

Um halb eins in der Nacht fängt Frank plötzlich zu erbrechen an. Eine Stunde lang. Er hat wohl zuviel durcheinander »gegessen«. Mit einem starken Hustenreiz fängt es an. Der Schleim, der aus der Lunge kommt, ist sehr fest und weiß. Diese Konsistenz sehe ich zum erstenmal. »Absaugen oder Kanüle wechseln«, schreibt er. Er hat Angst vor dem Ersticken. Die Freundin hat Nachtwache. Sie saugt die Kanüle mehrmals ab. Wir sind beide sehr beschäftigt mit Frank. Endlich beruhigt er sich ein wenig. Als ich mich verabschiede, weil ich ins Bett will, geht alles wieder von vorne los. Sein ganzer Körper schüttelt sich und will raushaben, was nicht reingehört. So bleibe ich, bis er sich beruhigt hat.

13. August
Frank ist umgezogen ins Rosenzimmer. Es ist größer, ein zweites Bett steht bereits drinnen, und es hat eine höhere Decke als das andere Zimmer. Ein Freund bringt eine Stereoanlage. Frank freut sich sehr darüber, denn der Klang ist fantastisch.

Ich bin sehr traurig, weil die Diskrepanz zweier Gefühle riesig ist. Einmal bin ich glücklich, wenn ich was unternehmen kann mit Freunden oder alleine, und dann bin ich traurig, wenn ich Frank und mein Leid betrachte. Der Unterschied dieser beiden Gefühle ist so groß, dass er mich durcheinander bringt und dann kommen Trauer und Tränen.

Als ich ins Zimmer komme, weint Frank sehr, er schreibt: *»Ich will dich nicht verlassen.«* Wir weinen beide und sehen uns dabei in die Augen. Ich sage: »Mir kommt in den Sinn, dass du mich nie verlässt, höchstens dein Körper geht. Ich werde dich immer lieben, deshalb bist du immer da.« Am Nachmittag fahren wir mit einem Freund in die Wohnung von Frank, um Kleider zu waschen. Ich bin ständig am Wäsche waschen und trockne sie dann in der Wohnung. Danach fahren wir an die See. Es ist herrlich und ich bin glücklich. Wir schwimmen sogar, währenddessen Frank in eine dicke Jacke eingemummelt unter dem Sonnenschirm am Strand sitzt.

14. August

»Zu hohe Anforderung«, schreibt Frank, als ich sage: »Mir fällt gerade was Wichtiges ein, was ich dir unbedingt sagen will: Ich bin enttäuscht, dass du nicht fragst, wie ich überhaupt hier sein kann.« Ich bin verletzt und weine.

Am Nachmittag habe ich ein Gespräch mir der Heimleitung. Sie ist weich, warm und verständnisvoll. Das tut mir sehr gut.

15. August

Heute vor einem halben Jahr wurde bei Frank Krebs diagnostiziert! Mein großes Problem bei dieser Lebensaufgabe ist die wiederkehrende innere Verletzung. Ich bin dann ein verwundetes scheues Reh. Ich weine und weine. Ich bin leer. Frank kommt mir keinen Schritt entgegen. Ich gebe und gebe. Es kommt nichts von ihm oder nur wenig. Ich sage: »Ich bin oben, wenn du mich sehen willst, rufe mich an.«

Er schreibt: *»Nein, ich bin hier im Zimmer, wenn du mich sehen willst.«* Es ist öfter der Fall, dass er mir keinen Schritt entgegenkommt. Muss ich aufgeben? Ich kann nicht mehr! Ich spüre eine Kraft zu gehen, wenn es sein muss. Ich gehe zu Frank und sage: »Ich mache mir Gedanken darüber, zu gehen.«

»Zu dir nach Hause?« schreibt er.

»Ja.« Da fasst er meine Hand und drückt sie ganz fest. »Ich bin leer. Ich habe dir jetzt ein halbes Jahr gegeben. Doch da kommt so wenig von dir.«

»*Ich tue was.*« schreibt er. »Was?« Doch es kommt keine Antwort. Er legt sich hin und schließt die Augen.

16. August

Ich werde für ein paar Tage aussteigen, um Kraft zu schöpfen und zur Ruhe zu kommen. Ich besorge mir ein Buch über Klöster. Eine Adresse macht mich neugierig. Ich rufe dort an, und sie senden mir ihre Unterlagen zu. Hoffentlich klappt es.

17. August

Wieder wird es zwei Uhr heute Nacht. Ich komme nicht ins Bett und somit nicht zur Ruhe. Ich bin erschöpft und schwach. Ein Schwester fragt mich am Morgen: »Haben Sie gut geschlafen?« Doch sie hört gar nicht die Antwort, sondern redet gleich weiter. Ich fühle mich verloren hier. Kein Mensch fragt mich wirklich, wie es mir geht, und wartet die Antwort ab. Der Pfleger fragte einmal. Die Ärztin geht mir aus dem Weg und macht Versprechungen, die sie nicht hält.

Um 10 Uhr haben Frank und ich ein Gespräch mit dem Seelsorger. Es geht um die Frage, wo Frank weiterhin leben will und auch kann. Für Altenheime ist er noch zu jung. In seiner eigenen Wohnung ist keine Betreuung möglich. Auch liegt sie im zweiten Stock und ist recht klein, besonders das Badezimmer.

18. August

Ich stecke in einer schweren Krise. Es ist 2:50 Uhr, und ich bin bereit zu gehen. Ich komme noch mal aus Franks Zimmer. Ich bin aufgewühlt, rede laut und sage ihm, dass ich gehe. Ich nehme sogar die Schreibtafel weg und halte seinen Arm fest, damit er mir zuhört.

Oben im Zimmer angelangt, wage ich es trotz der späten Nachtstunde einen Freund anzurufen. Durch das Gespräch wird mir klar, dass ich Frank auf seinem Weg begleiten will. Nur weiß ich nicht, wie das geht. Ich lerne es nur, wenn ich bleibe. Ich will auch gar nicht nach Hause fahren. Am Morgen packe ich meine sieben Sachen und ziehe vom Hospiz in die Wohnung von Frank.

Ich habe etwas gegessen, fühle mich gestärkt und habe aufgehört mit Weinen.

19. August
Frank schreibt mir eine SMS, dass er Mountainbike fahren will.
Ich bin erstaunt, dass das geht, da er den Kopf nicht richtig nach
oben heben kann. Ich fahre ins Hospiz und hole ihn in die Woh-
nung. Dort holt er sein Rad aus dem Keller und setzt sich darauf.
Er kann tatsächlich damit fahren. Ich fahre mit dem Rennrad mit.
Wir fahren fast fünf Kilometer.

Gegen 21 Uhr will Frank zurück, und bittet mich noch mit zu
ihm auf das Zimmer zu gehen. So bleibe ich bis 22:30 Uhr. Es fällt
mir schwer, dort zu sein.

Heute ist ein Tag ohne Tränen.

20. August
Frank schreibt mir eine SMS: *»Blonde, was machst du? Sehnsucht +
raus + Rad +++ Dein Frank«.*

Auch heute sind wir mit dem Rad unterwegs. Es ist unglaublich,
wie Frank Fahrrad fährt. Es ist gefährlich, da er nicht alles sehen
kann. Doch wenn er sich etwas in den Kopf gesetzt hat, dann tut
er es. Zwischendrin treffen wir die Kinder.

Frank geht es erstaunlich gut. Er selbst empfindet das nicht so.
Er ist mehrere Stunden hintereinander auf den Beinen. Die letzten
Tage lag er sehr viel im Bett.

21. August
Ich sage: »Wir haben das bis jetzt sehr gut geschafft, diesen Weg
zu gehen.« Frank zuckt nur mit den Schultern.

»Es ist nicht selbstverständlich, dass ich hier bin.« Wieder muss
ich weinen. Ich will Frank gerne begleiten, doch weiß ich nicht,
ob ich es schaffe.

Vom 5. bis 12. September gehe ich in ein Kloster, damit ich Abstand gewinne und mich erholen kann.

22. August
Ein Traum:
Mein Kind ist entführt worden. Es ist ein kleines etwa zweijähriges
Mädchen. Ein Mann hat sie mir weggenommen und in ein rotes
Auto gesetzt. Ich bin mit meinem Auto unterwegs und fahre hin-
terher. Das Kind ist ganz mutig und hält sich tapfer. Plötzlich steht

das Entführerauto mit dem Kind alleine auf einem großen Hof, in dem ringsum Geschäfte sind. Ich nehme es mit ihrem Rucksack aus dem Auto heraus, bringe es in mein Auto und fahre los, den kleinen Hügel hinauf zur Hauptstraße. Es geht alles sehr schnell. Oben sehe ich wie der Entführer aus einem Geschäft kommt.

Da geht eine etwa 50-jährige Dame auf dem Bürgersteig in ihr Haus. Ich frage sie, ob sie uns beide ganz schnell aufnimmt. Ja, ich gebe ihr das Kind in die Arme und hole das Gepäck, einen großen schweren Koffer und unsere Rucksäcke. Ich bin noch mit dem Gepäck beschäftigt, als der Entführer hochfährt. Er hält neben meinem Auto. Ich kann ganz schnell das Gepäck ins Haus bringen und die Tür schließen. Ich nehme erleichtert, doch immer noch mit Angst, mein Kind auf den Arm. Die Dame ist Ärztin, überall läuft ihr Personal herum. Sie sagt, dass wir nicht bleiben können, da gleich ihre Patienten kommen. Da klingelt der Entführer. »Was soll ich tun?«, fragt die Dame. »Die Polizei rufen.«, sage ich und meine Angst ist weg bei diesen Worten. Ich darf Hilfe holen!

Dann wache ich auf, weil der Wecker rappelt.

23. August

Um 8:30 Uhr frühstücke ich mit einem Freund, der Frank und mich besucht. Um 11 Uhr habe ich ein Gespräch mit Frank und der Ärztin, mit der Frage, wie es weitergeht. Doch es findet nicht statt! Selbst das Personal weiß nichts von diesem Termin. Dabei bin ich mit dem Fahrrad ins Hospiz gehetzt, damit ich pünktlich bin. Um ein Uhr treffe ich sie und stelle sie zur Rede. »Sie baten mich doch darum, um elf Uhr hier zu sein. Doch Sie kamen nicht.« »Ja, Frank wollte, dass Sie bei dem Gespräch dabei sind, und die Visite kann man nicht immer pünktlich legen. Wir kommen heute Mittag.« »Um wie viel Uhr?« »Um 14:15 Uhr.«

In der Zwischenzeit trifft der Freund ein. Wir warten gemeinsam, doch niemand kommt. Wir warten bis kurz vor 15 Uhr, gehen dann eine Kleinigkeit essen. Als wir um 15:30 Uhr zurückkommen, ist die Visite vorbei. Ich fühle mich missachtet und bin verärgert. Ich will das der Ärztin sagen, doch sie versteckt sich hinter dem Telefon. Etwas später suche ich sie wieder, treffe aber nur die Schwester an: »Sie ging gerade vor zehn Minuten und kommt erst am Montag wieder.« Ich bin geschockt. Sie geht mir aus dem Weg. Warum?

Am Abend wollen der Freund und ich ins Kino. Doch ich bin so aufgedreht, dass er sagt:»Jetzt setze dich erst mal hin. So gehe ich nicht mit dir ins Kino. Ich sehe ja die Funken, die um deinen Körper sprühen.« Okay, so dusche ich erst einmal und komme so langsam wieder zu mir. Anschließend gehen wir griechisch essen.

Gegen halb zwölf komme ich in Franks Wohnung. Ich fühle mich voll gefuttert. Das fühlt sich nicht gut an. Mitten in der Nacht werde ich wach, trinke drei Gläser Wasser und wälze mich bis zum Morgengrauen im Bett umher.

24. August
Der Freund kommt zum Frühstück. Wir haben kleine Missverständnisse. Ich sage zu ihm:»Ich verstehe nicht, dass du mehr Zeit mit mir verbringst als mit Frank. Dabei ist deine Zeit mit ihm begrenzt. Wir beide können uns noch lange sehen.« Ich fühle mich im Stress und unter Druck. Er will viel mit mir zusammen sein und was mit mir unternehmen,»damit ich mal rauskomme, was anderes sehe und mir Gutes tue«. Dabei brauche ich eher Ruhe, um zu lernen, Frank eine gute Begleiterin zu sein. Ich sage ihm das. Er ist zuerst verletzt, doch dann versteht er mich.

25. August
Heute Morgen will ich Himbeeren pflücken. Doch es gibt keine mehr. So kaufe ich Zwetschgen und koche davon Marmelade. Ich muss mal ganz alltägliche Dinge tun und mich ablenken.

Puh, ich habe kaum Zeit zum Luftholen. Jetzt sitze ich gerade im Garten des Hospiz und warte bis Frank fertig ist. Wir wollen zusammen ein paar Schuhe für mich kaufen. Als er kommt, frage ich ihn:»Was wünscht du dir?« Er schreibt:»*Glücklich sein.*« Wir sehen uns traurig an.»Ich glaube, dass das möglich ist.« »*Aber wie?*« Jetzt zucke ich mal mit den Schultern. So gehen wir los in die Stadt. Ich bin immer wieder erstaunt, wie sicher Frank sich bewegt, obwohl alle Leute ihn anstarren, als käme er vom Mond. Er ist schwer entstellt und kann nicht reden.

Ich schaue, wo ich ein paar Schuhe für mich finde. So gehen wir in ein Sportgeschäft. Während ich Schuhe anprobiere, spielt Frank mit einem kleinen Ball. Ich laufe hin und her und entscheide mich für ein Paar, mit denen ich zur Kasse gehe. Auch Frank kommt mit dem Ball in der Hand zur Kasse. Der Ball kostet 10.- DM. Da schreibt Frank:»*Ich dachte, er kostet 5.- DM.*« Da schaut die Verkäuferin zuerst mich und dann ihn an und sagt:»Ja, heute kostet er 5.- DM.« Frank strahlt über das ganze Gesicht, was man allerdings nur in seinen Augen sehen kann. Als wir aus dem Geschäft rausgehen, lachen wir beide, ich laut und er mit den Augen. Da sage ich:»Jetzt ging dein Wunsch des Glücklichseins in Erfüllung.« Er bestätigt dies mit einem Kopfnicken.

Das ist mal ein richtig schönes Erlebnis. Wir fühlen uns beide froh und leicht und gehen beschwingt ins Hospiz. Dort angekommen, erzähle ich die Geschichte erneut und wieder strahlt Frank. Ach, tut das gut, ihn mal so zu sehen!

26. August

Am Mittag fahre ich mit dem Rad zum Meer und lege mich im Bikini an den Strand. Es ist eiskalt. Viele Surfer sind auf dem Wasser, aber keiner ist im Wasser. Doch ich brauche jetzt das Gefühl von Leben, auch wenn es die Form von frischem Wind hat.

Zurzeit höre ich jeden Tag eine CD von Sinnead'o Connor. Sie tröstet mich. Sie gehört Frank. Als ich ihn sehe, nehme ich allen Mut auf mich und frage ihn:»Schenkst du mir diese CD?« Er schüttelt verneinend den Kopf. Das verletzt mich, weil ich es nicht verstehe. Die nächste Stunde beachten wir uns beide nicht. Kurz vor 19 Uhr gehe ich zu ihm, um mich von ihm zu verabschieden. Doch er beschäftigt sich weiterhin mit seinem Essen. So gehe ich traurig davon.

Am Abend bin ich bei Freunden zum Essen eingeladen. Auf dem Hinweg heule ich und kann mich kaum beruhigen. Als ich dort ankomme, darf ich mich an eine Schulter lehnen und mich ausweinen. Ich erzähle die Geschichte von der CD. Da steht der Freund auf:»Meinst du diese CD?« Ich nicke mit dem Kopf, da schenkt er sie mir. Ich bin tief berührt. Es ist ein schöner Abend. Und es tut mir gut, meine Gefühle zu zeigen. Das ist der richtige Weg für mich.

27. August

Der Freund und Frank kommen in die Wohnung. Frank bringt mir zwei große gelbe Sträuße Lilien mit. Sie sind herrlich anzusehen. Es ist komisch, als er sie mir überreicht, so als hätte er das noch nicht so oft gemacht.

28. August

Liebste Christel,

ich vermisse Dich und denke viel an Dich. Du bist mir eine treue, liebevolle Freundin. Ich danke Dir und Gott dafür.

Die letzte Woche war anstrengend. Es ist viel Besuch da. Franks Freund kommt am Dienstag und will gerne viel Zeit mit mir verbringen. Das setzt mich unter Druck. Doch ich kann es ihm sagen, und er versteht mich. So fuhren wir am Donnerstag zum Nolde-Museum. Es war schön. Doch es ging ein ziemlich frischer ungemütlicher Wind, der mich frösteln ließ. Die Nacht zuvor habe ich schon schlecht geschlafen. So bin ich recht müde und erschöpft.

Und es kommt immer wieder zu Missverständnissen zwischen Frank und mir. Er hält sich nicht an Abmachungen, was mich ungeduldig und manchmal auch wütend macht. Er ist den ganzen Tag mit Essen beschäftigt. Er schwankt zwischen Aktivität, d. h. er fährt sogar Fahrrad, und Schläfrigkeit. Dann liegt er da, der Kopf ist zur linken Seite gefallen, das rechte Auge halb geöffnet, und er zuckt immer wieder am ganzen Körper. Ich werde dann sehr traurig, ihn so zu sehen. Es ist ein großes Leid, was wir beide tragen. Es macht mich auch traurig, dass mein Traum nach einer funktionierenden Partnerschaft nicht in Erfüllung geht.

Am Samstag kam Franks Bruder. Von Samstag bis Montag verbrachte ich all meine Zeit mit Freund und Bruder. Es war schön und anstrengend. Es hatte zeitweise was von Urlaub. Wir brunchen zusammen, gehen chinesisch essen und trinken Bier bei Sonnenschein. Als wir danach zu Frank gehen, werde ich so traurig, dass ich sofort aus dem Hospiz in den Park gehe und dort weine. Ich habe immer wieder große Probleme mit diesen beiden Gefühlen: Traurigsein und Glücklichsein/Frohsein zusammenzubringen. Sie klaffen soweit auseinander, dass ich jedes Mal traurig bin, wenn ich von einem Gefühl zum andern komme, d. h. vom Glücklichsein zum Traurigsein. Der Abstand ist so groß. Ich weiß nicht, wie ich ihn verringern kann. Nächste Woche vom 5. bis 12. September

bin ich in einem Kloster. Die Schwesternschaft besteht seit vier Jahr-
zehnten und ist sehr klein. Zurzeit leben fünf Schwestern dort. Ich bin
dankbar, dass ich dort aufgenommen werde. Gestern kochte ich 14 Glä-
ser Marmelade. Jetzt koche ich gerade Apfelmus für Frank. Das isst er
so gerne.

Ich wünsche dir ganz viel Kraft für deinen Weg, liebe Menschen, die
dich begleiten und denk an Dich und Dein inneres Kind. Sie brauchen
Dich und Deine Liebe. Ich umarme Dich.

Deine Annemarie

29. August
45 km bin ich heute mit dem Rad gefahren. Und ich bin glücklich.
Ich spüre sehr deutlich, dass Bewegung mich glücklich macht und
Erwartung (vor allen Dingen Frank gegenüber) traurig.

30. August
Ein Freund ruft an und liest mir das ganze Märchen Rapunzel am
Telefon vor. Er ist ein lieber Mensch und sehr um mein Wohl be-
dacht. Gleich koche ich eine Kartoffelsuppe. Die Kinder, Frank
und eine Freundin kommen zum Essen. Ich bereite ein Leintuch
auf dem Boden aus, denn in der Küche ist zu wenig Platz.

Es schmeckt allen, und es hat etwas von ganz normalem Alltag.

31. August
Frank schreibt: »*Alles wird eng, ich will sterben.*« und: »*Ich möchte gerne*
deine Liebe«. Er liegt sehr geschwächt da, zuckt oftmals am ganzen
Körper und muss ständig abhusten. Dann kommt grünes, blutiges
Sekret aus der Trachealkanüle.

Manchmal kommt es so plötzlich, dass er es weit in die Gegend
abhustet. Er ist so schwach, dass es meinem Herzen weh tut, ihn
zu sehen.

1. September
Am frühen Morgen fahren Frank und ich mit dem Taxi in die
nächste Stadt zur Hals-Nasen-Ohren-Uniklinik.

Es soll festgestellt werden, ob Frank eine Sprechkanüle tragen
kann. Wir müssen dort lange warten. Bald braucht Frank eine
Liege, da er nicht lange sitzen kann. Die Atmosphäre erdrückt

mich, doch ich bleibe an seiner Seite. Er schläft immer wieder ein. Endlich kommen wir an die Reihe.

Die Ärzte schauen erschreckt, als sie Frank sehen. Sie schauen sich den Kehlkopf an. An ihrer Mimik erkenne ich, dass dieser schlimm aussehen muss. Er ist wohl zerfressen. Sie drücken es zwar nicht so aus, umschreiben das Ganze. Doch es wird klar, dass Frank nie wieder sprechen kann in seinem Leben. Und das ist gleichbedeutend mit einem Todesurteil. Obwohl schon lange klar ist, dass Frank sterben wird, ist es doch immer wieder erschütternd, der Wahrheit ins Gesicht zu schauen. So fahren wir traurig zurück ins Hospiz.

Dort angekommen nimmt er gleich Morphin, so traurig ist er. Er schläft gleich ein. Ich halte seine Hand und sehe wie blutiges Sputum aus dem Mund läuft. Frank versteckt sich vor seinen Gefühlen. Seine traurigen Augen liegen in großen Höhlen. Sobald er liegt, döst er ein. Er führt ein trauriges Leben.

Diese Woche ist er weniger einkaufen und weniger unter Menschen.

2. September

Ich hole Frank vom Hospiz ab, denn seine Tochter ist heute Mittag da. Wir machen einen kleinen Spaziergang, dann spielen wir Canasta. Als sie gehen will, schreibt Frank, dass er noch mehr Spiele spielen will. So bleibt sie länger.

Später liegen wir auf dem Bett. Frank stinkt fürchterlich nach Kot, Wundsekret und aus dem Mund nach Bakterien. Es kostet mich große Überwindung neben ihm zu liegen. Doch ich bleibe, weil ich ihn nicht verletzen will.

3. September

Das Leid ist so groß. Jederzeit kann der Krebs die rechte Halsschlagader durchfressen, dann ist es blutig vorbei. Frank sieht schlecht aus. Sein Gesicht ist eingefallen. Er stinkt fast aus jedem Loch, furchtbar. Er macht nur nachlässig Mundpflege. Ich spreche ihn darauf an, doch er tut nichts. Er muss viel abhusten, manchmal blutig. Das strengt ihn sehr an und schmerzt ihn an der rechten Gesichtshälfte.

Gleich fahre ich wieder zu ihm. Ich will gar nicht ins Hospiz, da dort das Leid noch größer ist. Auch ist Frank nie fertig, fast immer mit Essen beschäftigt, er teilt sich mir nicht mit und macht seinen Kram, als wenn ich nicht da wäre. Dort angekommen, warte ich bis er fertig ist und wir endlich zusammen in seine Wohnung fahren. Ich sage mir manchmal: »Ich kann jederzeit gehen.« Das hilft mir, weiterhin zu bleiben.

Oben in der Wohnung angelangt, schreibt er: »Ich schätze dich und was du tust. Mir fehlen die Worte und Möglichkeiten.« Ich schaue ihn an, und er umarmt mich kurz und schreibt weinend: »*Ich stinke und sterbe.*« Wir stehen uns gegenüber und weinen beide.

Dann legen wir uns auf das Bett. Es kostet mich immer wieder Überwindung, so stark stinkt er, doch sehne ich mich gleichzeitig danach. Trotz dem Gestank ist es sehr schön und so innig, voller Liebe, so reich und rund, so verschmolzen und harmonisch.

4. September

Eine SMS von Frank: »*Hallo Geliebte Blonde, Dein F*«. Ich antworte: »*Mein Herz hüpft vor Freude bei diesen Worten. Deine A*«. Endlich, endlich kommt ein liebes Wort von ihm.

Am Morgen klingelt ein Freund und bringt ein Heft, in das ich eine Wohnungsanzeige für Frank und mich aufgebe. Beim Joggen habe ich eine Stelle entdeckt, wo Johanniskraut wächst. Das möchte ich später sammeln. Und langsam fange ich mit Packen an für den Klosteraufenthalt. Packen fällt mir immer schwer, egal, wo die Reise hingeht.

Am Nachmittag hole ich Frank ab. Wir fahren zu seinem Sohn. Nach einem Strandspaziergang gehen beide in die Wohnung um Spiele zu spielen. Ich sitze in dieser Zeit am Strand und schreibe SMS mit meinem Patenkind hin und her. Später fahren wir in Franks Wohnung. Ich packe die letzen Sachen ein. Dann kuscheln wir wieder. Das tut uns beiden sehr gut. Was jedoch immer schlimmer wird, ist der Gestank. Es ist fast unerträglich für mich, doch ich halte es aus, weil ich Frank nicht verletzen will. Es ist schlimm genug für ihn, so zu stinken. Manchmal denke ich, wie das wohl ist, wenn Frank jetzt anfängt zu bluten. Die Vorstellung macht mir keine Angst. Doch schön ist sie nicht.

Um 22:15 Uhr fahre ich Frank ins Hospiz zurück. Noch vor Mitternacht falle ich total erschöpft ins Bett, lese noch und schlafe ein. Das ist sehr früh, meistens komme ich vor ein, zwei Uhr nicht ins Bett.

5. September

Um acht Uhr stehe ich auf, räume noch den letzten Rest Unordnung auf, hänge Wäsche auf, lade das Auto und gehe zur Freundin frühstücken. Sie ist für mich ein Engel. Sie gibt mir ein Gedicht:

»im angesicht des todes
wenn es soweit sein wird
mit mir
brauche ich den engel
in dir

bleibe still neben mir
in dem raum
jag den spuk der mich schreckt
aus dem traum

sing ein lied vor dich hin
das ich mag
und erzähle was war
manchen tag

zünd ein licht an das ängste
verscheucht
mach die trockenen lippen
mir feucht

wisch mir tränen und schweiß
vom gesicht
der geruch des verfalls
schreckt dich nicht

halt ihn fest meinen leib
der sich bäumt
halte fest was der geist
sich erträumt

spür das klopfen das schwer
in mir dröhnt
nimm den lebenshauch wahr
der verströmt

wenn es soweit sein wird
mit mir
brauche ich den engel
in dir«

Ich weine schon, als ich die erste Zeile lese. Es ist so wahr dieses
Gedicht, dass es mich tief berührt. Also erleben viele Menschen
diesen Gestank. Ich bin nicht die einzige, die solches Leid trägt.
Das tröstet mich.

Um 12 Uhr fahre ich ins Hospiz, um mich von Frank zu verabschieden. Ich sitze auf seinem Bett und halte seine Hand. Er
döst vor sich hin, oder vielleicht schläft er auch. Da ist eine große
Vertrautheit zwischen uns zu spüren. Ich rede vor mich hin: »Ich
glaube, Schlaf hat mit Loslassen zu tun. Nur wenn wir den Tag,
die Gedanken, das Geschehene loslassen, können wir in die Welt
des Schlafens gehen.« Plötzlich schreibt er: »*War gerade in einem
Dämmerzustand, deine Stimme hörend fühle ich mich gut - loslassen*«.

Frank ist sehr erschöpft. Trotzdem steht er zum Abschied auf,
um mich zu umarmen. Das ist eine schöne und liebevolle Geste.
Und die Umarmung ist wie früher, sehr intensiv, sehr liebevoll,
sehr achtungsvoll. Wir strahlen beide, als wir uns voneinander
lösen. Es ist die letzte Umarmung, die ich von Frank bekommen
sollte.

Als ich zur Tür gehe, steht Frank am Fenster mit schmutzigem und
lappigem Unterhemd und der weiten blauen Unterhose. Alle Kleider sind ihm viel zu groß, da er so viel abgenommen hat. So sehe

ich ihn zum letzten Mal stehend. Ich fahre auf die Autobahn und komme zwei Autostunden von Frank entfernt im Kloster an. Eine Schwester empfängt mich freundlich. Ich spüre eine so große Erschöpfung und Müdigkeit, dass ich nach dem Autoausladen und Bett Beziehen, sofort ins Bett gehe und vor mich hindöse. Zwei Stunden später packe ich den Koffer aus. Um 18 Uhr gehe ich zum Abendgebet, das mir sehr gut tut. Beim Abendessen heißen mich alle willkommen. Sie sind wie Mütter für mich. Ich bin sehr gerührt. Nach dem Essen mache ich einen kurzen Spaziergang im großen verzweigten Garten. Um 19:30 habe ich ein Gespräch mit der Schwester. Sie ist sehr mütterlich und nimmt mich in die Arme. Ich sage: »Ich habe keine Wurzeln. Doch meine Großmutter betete für mich und schenkte mir all ihre Liebe. Ich spüre die Liebe heute noch.« Ich strahle, als ich das erzähle. Darauf antwortet die Schwester: »Dann sind Sie ein Seitenstrang von der Wurzel der Großmutter.« Ja, tatsächlich, das kann ich fühlen. Ich habe eine Wurzel, eine kleine. Ich bin verwurzelt. Das ist ganz neu für mich. Der Satz »Ich habe keine Wurzeln.« stimmt nicht mehr. Im Gespräch entdecke ich einen großen Schatz in mir und meinem Herzen, nämlich die göttliche Liebe, und ich habe Wurzeln, eine wunderbare Erkenntnis gleich am ersten Tag. Um 20:30 Uhr ist die Komplet zur Nacht. Danach wird bis zum Abendmahl um 8:30 Uhr am nächsten Morgen geschwiegen.

Wieder in meinem Zimmer, sende ich Frank eine SMS: *»Frank, ich schenk' dir meine Liebe gerne.«* Daraufhin ruft er mich an und klopft freudig in den Hörer. Er ist gleichzeitig am Essen. Jetzt falle ich müde ins Bett. Ich fühle mich sicher hier. Doch wälze ich mich die ganze Nacht im Bett umher.

6. September

Ich habe keine Kraft zum Joggen. Gleichzeitig zieht es mich hinaus. Draußen ist es grau, wie so oft in diesem Sommer. Meine Augenlider sind schwer. Ich lege mich ins Bett. Zum Mittagessen stehe ich auf, um anschließend gleich wieder ins Bett zu gehen. Die Gebetszeiten sind mein Anhaltspunkt. Da stehe ich auf.

Nach dem Gebet schaffe ich es doch eine Runde im angrenzenden Wald zu joggen. Nach dem Duschen schreibe ich Frank eine Sonnenkarte: *»Mein liebster Frank, ich komme gerade vom Jog-*

gen. Gleich vor der Tür gibt es einen wunderschönen Wald. Ich werde hier ganz liebevoll umsorgt. Die Gebetszeiten sind ein guter Halt für mich. Ich versuche meine Seele »baumeln« zu lassen. Ich sende dir Gedanken voller Liebe und Kraft, und ich wünsche dir glückliche Minuten. Deine Annemarie.«

Nach dem Abendmahl spüre ich wieder diese große Kraft und Freude in mir. Ich fühle wie ein großes Strahlen von mir ausgeht. Eine Schwester kommt am Ende zu mir und sagt:»Ich musste Sie so anschauen, weil Sie so strahlen. Ich konnte gar nicht weggucken.« Die Schwestern tragen eine große Liebe in sich.

7. September

Der Wecker rappelt um 6 Uhr zur Laudes, dem Morgengebet. Anschließend gehe ich in den Wald joggen, danach duschen und Frühstück. Nach dem Abendmahl lege ich mich müde ins Bett. Die Sonne scheint. Ich schreibe an Frank ein SMS:»*Lieber Frank. Endlich scheint die Sonne. Bin traurig und dankbar hier zu sein. Ich sende dir Liebe. Deine Annemarie.«*

Um halb elf Uhr muss ich raus in die Sonne. Ich lege mich in einen Liegestuhl und nehme das Buch von Weinreb:»Gedanken über Tod und Leben« mit hinaus. Es ist schwierig zu lesen, da es sehr umfangreiche Gedanken in sich trägt. Der Himmel ist wieder grau beim Mittagsgebet. Irgendwie möchte ich gerne »raus«, gleichzeitig möchte ich drinnen bleiben, ins Bett gehen, lesen. Seitdem ich in der Sonne lag, bin ich nicht mehr so traurig.

Gestern und vorgestern habe ich keinen Alkohol getrunken. Ich trinke jeden Tag, und wenn es nur ein Glas Wein ist. Ich denke auch hier daran, Wein zu trinken, aber ich habe keinen.

Es ist später Nachmittag. Ich liege lesend und dahindämmernd im Bett. Jetzt kann ich Frank verstehen, wenn er keine Lust hat aufzustehen. Irgendwann habe ich Kraft zum Aufstehen und gehe durch den Wald spazieren. Ich komme an einem kleinen Laden vorbei und kaufe zwei Grapefruits und eine Tafel Kinderschokolade. Auf dem Rückweg treffe ich eine Schwester. Sie freuen sich, dass ich etwas länger als geplant bleiben möchte.

Nach der Vesper (Abendgebet) jogge ich nochmals durch den Wald. Zurück, dusche ich und esse den Rest Griesbrei vom Mittagessen. Ich fühle mich ein wenig wie ein Kind: Kinderschoko-lade und Griesbrei und wieder ein wenig traurig. Ich denke an Alkohol. Ist das ein Schritt zum Alkoholiker?

Nach der Komplet um 20:30 Uhr schickt Frank mir eine SMS: *»Frisch geduscht + kein Besuch * weiß nicht warum. 6ter SMS Ver-such ...Fehlst mir* Schlaf gut**F«*

8. September

Ich träume:

Frank hilft mir meine Sachen und Möbel zu packen und hilft mir zu überlegen, wo was hinkommt. Dabei gehen wir immer tiefer in den Keller, wo es sogar dunkel ist. Frank ist einfach da und ist mir eine große Hilfe.

Nach dem Frühgebet will ich eigentlich joggen, doch habe ich so starke Kreuzschmerzen, dass ich wieder ins Bett gehe. Mir tut die Wirbelsäule an verschiedenen Stellen weh. Ich kann kaum sit-zen. Nach der Eucharistiefeier, die mir wieder Kraft gibt, regnet es. Ich koche mir eine Kanne Tee und nehme kein Frühstück zu mir, da ich noch vom Abendessen satt bin.

Ich lese im Weinreb-Buch und fange plötzlich an zu weinen. Warum? Weil jeder seinen eigenen Tod stirbt. Ich kann nichts be-wirken für andere. Frank hat Angst vor dem Sterben. Ich glaube, dass diese Angst kleiner wird, wenn er sich offen mit dem Tod auseinandersetzt.

Nach dem Mittagsgebet und Mittagessen sammle ich die Äp-fel auf, weil ich gerne so eine Arbeit verrichte. Vor der Haustüre finde ich ein Blatt mit der Farbe rosa und beige. Ich habe noch nie solche Farben an einem Blatt gesehen. Ich kenne die Bäume eher vom Stamm als von den Blättern. Nach dem Fürbittengebet um 15 Uhr falle ich erschöpft ins Bett. Nach dem Abendessen sagt die Leiterin zu mir: »Sie singen so schön. Es ist eine große Freude, Sie zu hören. Danke.« Sie freuen sich alle, dass ich so spontan einstimme und ganz einfach mitsinge. Sie spüren meine Freude dabei. Auch die Psalmen kann ich gut mitsingen. Beim Gespräch mit der Schwester erzähle ich von den Verletzungen, die Frank mir zufügt, wenn er mich, nach meiner Meinung, zu wenig be-achtet. Für folgende Frage suche ich eine Antwort: »Wie schaffe ich es, nicht so verletzt zu sein?« Ich finde drei Antworten: Wenn ich mich der großen Liebe in meinem Herzen öffne, und wenn ich mich mit dieser (Gottes?) Liebe umhülle und ganz praktisch, wenn ich um Hilfe bitte bei meinen Mitmenschen und diese dann annehme.

Am Anfang des Gesprächs weine ich viel, am Ende lache ich. Wir sprechen auch über die Sommerzeit und stellen beide fest, dass wir sie nicht mögen. Ich sage:»Ich habe immer eine Uhr, die ich nicht umstelle.« Das freut die Schwester so sehr, dass sie sich mit der Hand auf das Knie schlägt und herzlich lacht.

Nach der Komplet denke ich wieder, dass ich Lust habe ein Glas Wein zu trinken. Muss ich mir deswegen Sorgen machen? Wieder kann ich nicht einschlafen. Nach Mitternacht bin ich immer noch wach. So schreibe ich einen Zettel: *»Liebe Schwestern, komme nicht zum Frühgebet und Frühstück, komme zur Eucharistiefeier. Annemarie«* und hänge ihn an das Treppengeländer, damit die Schwestern nicht auf mich warten.

9. September

Durch meine Erschöpfung kann ich Franks Erschöpfung besser verstehen und nachfühlen. Nach der Eucharistiefeier und dem Frühstück mache ich einen Regenspaziergang am Wald entlang und an der Straße zurück. Da steht ein Geschäft am Wegesrand. Ich gehe hinein und kaufe Süßigkeiten, die ich sofort zur Hälfte aufesse. Das ist gar nicht meine Art, denn ich esse sehr wenig Süßigkeiten. Nach dem Mittagsgebet und Mittagessen zieht es mich erneut in den Laden. Ich sehe ein langes schwarzes Kleid mit langen Ärmeln. Das kaufe ich. Dann sehe ich mir die Rotweine an und kaufe eine Flasche. Im Kloster angelangt, fülle ich ein Glas, lasse es langsam die Kehle hinab laufen und fühle, wie es mir sehr gut tut.

In der Küche treffe ich Schwester G. Sie sagt:»Mein Mann starb auch an Krebs, an Peniskrebs, mit 42 Jahren. Das stank auch so.« Uns stehen beide die Tränen in den Augen.

Schwester M. bittet mich nochmals um ein Gespräch:»Mir ging nach unserem Gespräch gestern soviel durch Herz und Sinn. Ich möchte das gerne weiterführen mit Ihnen.« Natürlich bin ich bereit dazu.»Ich glaube, die große Verletzung liegt in Ihnen drin. Ihr Wunsch nach Glücklichsein, nach Geliebtsein, nach Partner-

schaft. Davon müssen Sie sich lösen. Loslassen ist der Schlüssel.«
Das stimmt. Theoretisch habe ich die Partnerschaft zu Frank aufgegeben. Mein Herz aber wünscht sich immer noch eine Partnerschaft. Daher die ständigen kleinen Verletzungen. Das Gespräch
tut mir sehr gut.

Ich lasse los: Die Sehnsucht, den Wunsch, den Trieb nach einer
Partnerschaft. Ich lasse meinen größten Wunsch los: eine funktio-
nierende Partnerschaft. Mensch, das ist ein dicker Brocken, den
ich da verdauen will.

Ich lese ein Büchlein von Ulrich Schaffer über die Liebe. Er
schreibt:»Nichts öffnet uns so die Augen wie der Mut zu lieben«
und »Liebe heißt, immer wieder zu sich selbst zurückkommen«
und »Was wir lieben, wird verwandelt«.

Es ist kurz vor 22 Uhr. Irgendwie mache ich mir Sorgen und rufe
Frank im Hospiz an. Ich erreiche ihn jedoch nicht. Da rufe ich im
Schwesternzimmer an und höre, dass es Frank sehr schlecht geht.
Er hatte vor einer Stunde einen Blutsturz. Damit rechnen wir die
ganze Zeit schon. Die Halsschlagader ist vom Krebs zerfressen. Es
ist soweit! Ich rede auch mit dem Arzt, der an Franks Bett steht.
Ich frage, ob ich kommen soll. Frank scheint mal wieder wie so oft
unschlüssig mit den Schultern zu zucken. Doch der Arzt sagt mir,
dass es gut wäre, wenn ich sofort komme. Die Schwestern schlafen
schon alle. Ich schreibe einen Abschiedsbrief, packe meine Sachen
und bringe sie leise zum Auto. Da bemerke ich, dass ich mein
Handy vergessen habe. Ein wenig verzweifelt gehe ich zurück und
werfe Steine ans Fenster. Keine Schwester hört mich. Ich weine
sehr viel und rufe verzweifelt:»Hört mich denn keiner?« Da geht
ein Fenster auf. Die Schwester, die mich hier begleitet hat, ist von
meinem Lärm aufgewacht. Sie öffnet mir die Tür, nimmt mich an
der Hand und sagt:»Nun erzählen Sie zuerst einmal.«

Ich berichte, dass Frank im Sterben liegt. Sie segnet mich, und
ich fahre los. Ich fahre in dem Bewusstsein Auto, dass Frank jetzt
stirbt. Doch bin ich gewiss, dass ich ihn noch lebend antreffen
werde. Ich muss mich nicht beeilen.

Auf der Fahrt scheint der Vollmond ins Auto. So vertraue ich
meinen Wunsch nach einer funktionierenden Partnerschaft dem
Mond an. Ich fühle mich frei und spüre, dass ich Frank endlich
loslassen kann.

10. September
Es ist Sonntag.

Um halb zwei Uhr in der Nacht komme ich im Hospiz an. Die Schwester öffnet mir die Tür, sieht mich an und zuckt nur mit den Schultern. Ich bin bereit und gehe in Franks Zimmer. Er liegt sehr geschwächt im Bett, blutverschmiert, überall am Körper und auf dem Bett. Die Schwester sagt, dass er nicht berührt werden möchte und sie ihn deshalb nicht waschen kann. Frank und ich schauen uns lange intensiv an. Wir verstehen und brauchen keine Worte.

Ich setze mich zu ihm ans Bett und halte seine Hand. Er schließt die Augen und döst vor sich hin. Mir gehen tausend Gedanken durch den Kopf. Was soll ich jetzt tun, was sagen, wie mich verhalten? Auf einmal weiß ich nichts mehr, alles Gelesene ist weg. Ich frage Frank, ob ich ein wenig Blut von seinen Lippen wegwischen darf. Er nickt zustimmend. Mit einem Waschlappen wasche ich ganz zart und vorsichtig ein wenig Blut weg. Es ist schon verkrustet. Er hebt die Hand, ich verstehe und höre auf, ihn zu waschen. Nach einer Stunde frage ich ihn erneut, und er nickt. Doch bald hebt er wieder die Hand.

Plötzlich, es ist halb vier in der Nacht, wird er hellwach. Er sieht mich mit großen Augen an. Ich frage ihn, ob er seinen Kindern noch ein paar Zeilen schreiben möchte. Er nickt. Mit großer Anstrengung schreibt er Abschiedsworte in je ein Buch für seinen Sohn und für seine Tochter. Ich helfe ihm, denn ihm fehlen die Worte, und er hat Probleme mit der Rechtschreibung. So schreibe ich ihm manche Wörter vor, und er schreibt sie ab. Danach zeigt er auf sein Testament. Auch da nimmt er Änderungen vor. Ich sitze einfach da und gebe ihm Hilfestellung, wenn er sie benötigt. Als er fertig ist, döst er ein.

Wieder plötzlich, es ist halb sechs, fängt er an zu bluten. Wie ein Sturzbach fließt das Blut aus seinem Mund. Gleichzeitig muss er Wasser lassen. Es ist erstaunlich, doch wir zwei haben alles im Griff. Ich klingele nach der Schwester, halte Frank in meinen Armen, halte die Schüssel fest, in die das Blut fließt und achte darauf, dass die Urinflasche richtig liegt. Die Schwester kommt und spritzt ihm Morphium, wie sie und der Arzt es vorher mit Frank besprochen haben. Frank wird ganz ruhig. Es hört auf zu bluten.

So stehe ich da, mit Frank in meinen Armen. Ich halte seinen

Kopf fest, der immer schwerer wird, singe ihm ein Lied oder sage ihm, dass er in das Licht gehen darf, und dass er beruhigt gehen kann. Im Kloster haben wir jeden Tag den Psalm 91 gebetet. Jedes mal dachte ich ganz besonders an Frank bei der Stelle: »Denn seinen Engeln befiehlt er um deinetwillen, dich zu behüten auf all deinen Wegen. Sie werden dich auf Händen tragen, damit dein Fuß an keinen Stein stoße.« Diese beiden Sätze sage ich ihm immer wieder, und ich habe das Gefühl, dass er jedes Mal ruhiger wird. Über eine Stunde halte ich ihn so fest, bis er mir zu schwer wird. Als der Pfleger ins Zimmer kommt, hilft er mir, Frank hinzulegen.

Es ist sieben Uhr. Ich gehe ganz beruhigt duschen. Ich bin sehr erstaunt darüber, dass sich auf meinen Kleidern kein einziger Blutfleck befindet, obwohl es auf dem Bett aussieht wie auf einem Schlachtfeld. Frisch gewaschen und schön angezogen informiere ich alle mir wichtig erscheinenden Menschen.

So schnell wie möglich bin ich wieder bei Frank. Jetzt liegt er sehr ruhig und sauber da. Alle paar Minuten macht er einen Atemzug. Die Sonne strahlt herrlich in das Zimmer. Eine Musikkapelle spielt. Ich habe das Gefühl, die ganze Erde bereitet sich auf Franks Weggehen und Kommen vor. Ich setze mich zu ihm, halte seine Hand, lese aus dem Buch vor, singe ihm ein Lied oder schicke ihn in das Licht. Ich bin ruhig und glücklich.

Um elf Uhr kommen zwei Freunde. Ich lege mich ein wenig zur Ruhe. Bald kommt die Freundin und sagt, dass er seltener atmet. Ich stehe auf, begrüße einen neuen Freund, der am Bett sitzt und Franks Hand hält, setze mich auf die andere Seite und nehme seine Hand.

Da macht Frank seinen letzten Atemzug. Alle fangen an zu weinen. Doch ich bin überwältigt und glücklich. Ich fühle eine tiefe Verbundenheit mit Frank. Ich habe das Gefühl, dass er auf mich gewartet hat. Und der Gedanke: »Das haben wir richtig gut gemacht.«, geht mir durch den Sinn. Mir scheint, viele Engel sind da und begleiten seine Seele. Frank ist friedlich und sanft eingeschlafen. Erst als ich seine Hand loslassen muss, weil der Pfleger ihn waschen will, werde ich traurig. Es fällt mir sehr schwer die Hand loszulassen.

Den ganzen Tag sind wir Freunde zusammen. Ich sitze mit seinem Bruder am Bett, berühre Frank, nehme Abschied, erzähle

Geschichten, die wir erlebten, weine und lache, bin traurig und glücklich. Am Abend treffen wir uns in einer Pizzeria. Wir fühlen alle, dass auch Frank dabei ist. Wir essen, trinken, weinen, lachen zusammen und erzählen uns Geschichten von Frank. Ich trinke viel Alkohol.

11. September
Beim Aufstehen spüre ich immer noch den Alkohol. Um 10 Uhr treffen wir (Bruder, ein Freund und ich) uns mit dem Bestattungsunternehmer, der ein Schulfreund von Frank ist, um die sachlichen Angelegenheiten zu besprechen. Wir regeln alles im Sinne von Frank. Da bin ich sicher.

Danach gehe ich zurück zum Hospiz. Ich will so lange bei Frank sein, bis er abgeholt wird. Er liegt da mit einem offenen Auge. Der Pfleger meint: »Er wirft auf alles noch mal ein Auge, wie er es zu Lebzeiten auch getan hat.« Ich weine, bin auch wütend und denke wieder: »Wie kann er mich so schnell alleine lassen?« Ich setze mich auf einen Stuhl und warte auf den Bestatter. Als er kommt, gehe ich hinaus an die frische Luft. Als der Bestatter fertig ist mit seiner Arbeit, holt er mich noch einmal. Frank liegt ruhig und entspannt im Sarg. Ich schüttele ihm die Hand zum Abschied und sage: »Tschüß Partner.«

Es ist 14 Uhr, und ich sitze im Garten vom Hospiz. Ich schreibe eine SMS an alle:

»*Frank ist sanft wie ein Engel eingeschlafen. Ich bin glücklich und traurig. Herzliche Grüße von Annemarie.*«

Es gibt ein Buch im Hospiz, in das die Zurückgebliebenen etwas hinein schreiben. Ich habe schon ein paar Mal darin gelesen. Nun halte ich es in den Händen und schreibe selber etwas hinein. Ich schreibe den 91 Psalm Vers 11 bis 12 hinein: »*Denn seinen Engeln befiehlt er um Deinetwillen, Dich zu behüten auf all deinen Wegen. Sie werden dich auf Händen tragen, damit dein Fuß an keinen Stein stoße.*« Darunter schreibe ich die Namen, die Frank während dieser Krankheit besuchten und begleiteten und »*Nichts öffnet uns so sehr die Augen, wie der Mut zu lieben*« und »*Tschüß Frank. Es war mir eine Ehre, Dich zu begleiten, und ich danke allen, die uns dabei halfen.*« Ich fühle eine tiefe Verbundenheit mit Frank und denke:

»Das haben wir beide richtig gut gemacht.« Seit einer Stunde sitze ich hier, schreibe, weine, telefoniere und weine wieder. Ich weine laut. Doch keine Schwester kommt. Dafür kommt ein Freund, und wir packen die Sachen von Frank ein. Dann wird es Zeit, Abschied von hier zu nehmen.

Anschließend treffe ich mich mit Freunden zum Essen und zum Erzählen. Es tut gut, nicht alleine zu sein. Ich fühle mich geborgen inmitten von Franks Freunden, die jetzt meine Freunde geworden sind. Diese Lebenssituation hat uns sehr nahe zusammen gebracht. Spät abends fahre ich in Franks Wohnung zum Aufräumen, Telefonieren und Schlafen. Ich errichte einen kleinen Altar mit Kerzen und Bildern von Frank.

Die ganze Nacht brennt ein Licht. Ich schreibe in mein Tagebuch: *»Frank ist tot. Meine Liebe ist gestorben. Nein, das ist falsch. Meine Liebe bleibt!«*

12. September

Gegen vier Uhr am Morgen wird mein Geist wach. Mein Körper liegt ganz ruhig, meine Augen sind geschlossen. Ich habe viele Bilder von Frank: wie er im Sarg liegt und ich ihm zum Abschied die rechte Hand halte; wie ich ihm über den Kopf streichele an der linken Wange entlang; wie er auf dem Sterbebett liegt am Sonntag und Montag; als ich ihn kennen lernte und er mir gegenüber sitzt; Samstag Nacht halb zwei, als ich zu ihm komme, er blutverschmiert; Sonntag morgen halb sechs, der zweite Blutsturz. Dann spüre ich, wie seine Seele an meinem Bettrand sitzt und er mir mit seiner Hand über die Stirn streichelt. Das ist ein schönes, wohliges Gefühl und tröstet mich.

Um acht Uhr rappelt der Wecker. Ich stehe erschöpft und traurig auf. Sofort zünde ich Kerzen an. Die Salzkristalllampe brennt 24 Stunden am Tag. Ich trinke nur Tee zum Frühstück. Ich habe einen Termin, damit der Wert des Autos geschätzt werden kann. Der Bruder will es kaufen und mit nach Italien nehmen. »Dann ist Frank immer bei uns.« Und ich bleibe mobil. Denn ich darf mit dem Auto bis nach Hause fahren. Der Bruder holt es dann ab, um es nach Italien zu bringen. Am Nachmittag habe ich einen Termin mit dem Seelsorger, wegen der Trauerfeier, die morgen um 15 Uhr stattfindet. Ich kaufe 20 Edelsteine, die möchte ich allen schenken, als »Danke-Stein«. Wieder bin ich bei Freunden zum Essen eingeladen. Sie kümmern sich alle gut um mich. Ich fühle mich geborgen mit ihnen zusammen.

13. September
Ich schlafe nicht ein, denke sehr viel und wache in den frühen Morgenstunden auf. Ich glaube, so verarbeite ich das letzte halbe Jahr, das so voller Leid war, und ich fühle Frank in meiner Nähe, was mich sehr tröstet.

Am Nachmittag treffe ich mich mit den Kindern in der Wohnung. Wir sitzen am Boden, in der Mitte drei Kerzen. Jeder zündet eine Kerze für Frank an. Wir sind alle ein wenig traurig. Ich weine, der Sohn auch, die Tochter möchte lieber ein Spiel spielen. Später kochen wir zusammen Spaghetti, wie in alten Zeiten. Als sie gehen, bin ich traurig darüber, dass sie den Tod so sehr verdrängen. Doch vielleicht ist das ihre Art damit umzugehen. Am Abend bin ich wieder mit Freunden zusammen.

14. September
Es ist schönes Wetter. Die Tante von Frank bittet mich, einen Blumenstrauß mit rosa Rosen zu kaufen. Als ich im Blumenladen stehe, kommen mir die Tränen. Ich muss kurz vor die Tür gehen, um mich zu beruhigen. Ich schaffe es, hineinzugehen, bestelle den Blumenstrauß und gehe gleich wieder hinaus und warte vor der Tür. Ich weine herzzerreißend. Da kommt ein Freund und nimmt mich wortlos in die Arme. Das tröstet mich. Die Verkäuferin kann mich nicht anschauen und geht sogleich weg, nachdem ich bezahlt habe.

Um 15 Uhr findet die Trauerfeier statt. Es ist schönes Wetter. Es fällt mir sehr schwer in die Kirche zu gehen. Von weitem sehe ich den Sarg. Er ist sehr schön geschmückt mit vielen Sonnenblumen und weißen Lilien. Wer möchte, kann ein Teelicht für Frank anzünden und um den Sarg herum zu den anderen stellen. Ich frage Freunde, ob sie sich neben mich setzen. Wir halten uns an den Händen und trösten uns so gegenseitig. Der Pfarrer hält eine sehr schöne Predigt. Sie hat uns allen gefallen. Ich bitte ihn um das Manuskript, das er mir überlassen will, wenn er es nicht mehr braucht. Am Ende fällt es mir sehr schwer, hinauszugehen und endgültig loszulassen. Das Kaffeetrinken findet im Pavillon direkt gegenüber dem Meer statt. Wenn ich aus dem Fenster schaue, sehe ich es. Ich bin oft mit meinen Gedanken weit weg. Viele die gekommen sind, kenne ich gar nicht.

Am Abend essen wir Freunde zusammen Spaghetti und erzählen wieder Geschichten, die ein jeder mit Frank erlebte. Ich bin eher ruhig und höre zu. Ich kenne Frank ja noch nicht lange und auch nur krank.

15. September

Schon wieder schlafe ich schlecht. Ich spüre Wut. Wie kann er jetzt schon gehen und mich alleine lassen? Mein Geist ist aufgewühlt, mein Körper erschöpft, meine Gefühle schlagen Purzelbaum. Sie sind sehr wechselhaft. Und plötzlich werde ich traurig, wenn mich eine Kleinigkeit an Frank erinnert. Ich schreibe dem Vater, der im Urlaub ist, einen Brief über Franks Tod.

18. September

Ich ziehe heute um zu einer alten Dame, die Frank sehr gemocht hat. Sie hat mir Platz angeboten. Ich mag sie sehr und fühle mich auf Anhieb wohl. Der Umzug fällt mir schwer. Wieder beginnt ein neuer Abschnitt. Ich will zwei bis drei Wochen hier sein, bis ich wieder langsam hinunter in den Süden, in meine Heimat fahre. Ich will mir Zeit dabei lassen. Ich vermisse Frank.

19. September

Die Nacht war wieder sehr schlecht. Um 2 Uhr muss ich zur Toilette. Vorher liege ich lange wach und hinterher noch länger.

Die Sonne scheint, was selten ist in den letzten Wochen. Der Wind weht frisch. Ich habe zwei Pullover und einen Schal an und sitze im Garten. Die Wolken ziehen ganz schnell dahin. Das mag ich sehr. Ich spüre ein wenig Heimweh.

Am Abend machen wir ein Feuer am Strand. Im Dunkeln suchen wir Holz, und wir haben Essen dabei, das wir gemeinsam genießen. Es ist stimmig und schön.

Ich habe viel geweint eben. Doch habe ich ein wunderbares Erlebnis in diesen sehr traurigen Minuten. Irgendwann sehe ich Frank in Unterhose und Unterhemd. Er kommt zu mir und legt seine Hand auf meinen Kopf oder meine Schulter und tröstet mich. Dieser Trost ist so stark, dass ich ruhig werde und aufhören kann mit Weinen. Danke Frank.

Ich kann nicht einschlafen und muss auf die Toilette. Dabei schaue ich jedes Mal auf die Uhr: 0:30; 1:30; 4:30. Ich denke sehr viel.

20. September
Ich habe wieder schlecht geschlafen und bin sehr erschöpft. Ich vermisse Frank. Er stirbt einfach und ist jetzt tot. Ich muss es mir immer wieder sagen, damit ich es wirklich verstehen kann.

Zuhause werde ich meine Wohnung umstellen und einige Dinge verschenken. Ich bin jetzt schon seit Monaten nur mit einem Koffer unterwegs und vermisse nicht allzu viel.

21. September
Ich werde Frank immer lieben. Das weiß ich schon so lange, wie ich ihn kenne, und das merke ich jetzt ganz deutlich, wenn ich in seiner Wohnung bin, die sich so langsam auflöst.

Wieder verspüre ich Heimweh. Ich glaube, dass ich mich bald auf den Heimweg machen werde.

22. September
Wir räumen Möbel und die Langspielplatten aus der Wohnung. Sie wird immer leerer. Das strengt mich sehr an, weil es deutlich macht, dass ich bald gehen werde. Es war Franks Wunsch, dass ich bei der Wohnungsauflösung behilflich bin. Doch macht es mich sehr traurig.

Ich fahre heulend auf dem Rad zu einer Freundin. Dort trinke ich einen Schluck von »meinem Freund Carlos«. Er tut mir gut und beruhigt mich.

23. September
Liebe Freundin,

endlich scheint die Sonne. Oft ist der ganze Himmel grau. Da fehlt mir die Sonne, ihre Wärme, ihr Licht. Im letzten Jahr habe ich sieben Kilo abgenommen. Da ich sie nicht vermisse, waren sie wohl überflüssig.

Meine Gefühle schlagen manchmal Purzelbaum. Sie sind sehr wech-

selhaft. Plötzlich werde ich sehr traurig, weil mich eine Kleinigkeit an Frank erinnert. Heute Mittag war ich glücklich. Ich wärmte zwei Pizzen und machte einen Tomatensalat dazu. Das aßen die alte Dame und ich im großen Garten. Sie erzählte viel, und ich hörte interessiert zu. Es gab noch Eis und Kaffee (für die alte Dame: 3 große Löffel pro Tasse!) zum Nachtisch und dann sagte ich: »Ich lege mich jetzt im Bikini in die Sonne.« So liege ich jetzt hier.

Heute Morgen war ich mit einem Freund am Strand einen Stein für Frank besorgen. Am Freitag, also gestern, bin ich dort entlanggegangen, und gleich fiel mir dieser Stein ins Auge. Es war ziemlich schwer, ihn von seinen Nachbarsteinen zu lösen. Und der Freund hatte eine Schubkarre dabei, ohne Luft im Reifen. Wir lachten uns kaputt, weil es Franks Steckenpferd war, ständig Luft in die Fahrradreifen zu pumpen und meistens mehr als man soll. Und ausgerechnet jetzt, bei einer wirklich schweren Last, war keine Luft im Reifen. Wir brachten den Stein zum Steinmetz. Er meißelt Franks Name hinein und setzt ihn auf den richtigen Platz. So ist er schon da, wenn die Urnenbeisetzung ist. Der Freund machte eine Vergrößerung von Franks handschriftlichem Vornamen. Das kommt auf den Stein.

Gestern Abend holte die Exfrau die Möbel aus der Wohnung. Jetzt liegt alles durcheinander herum. Grüße deine Familie von mir. Und dich umarme ich von Herzen. Bis zum nächsten Mal, meine Liebe.

Deine Annemarie

Am Abend gehe ich mit dem Freund in ein Klassik Konzert in ein Schloss. Anschließend lädt er mich zum Essen ein, in ein Restaurant »mit Ambiente«, wie er so schön sagt. Es ist wunderschön und schmeckt sehr gut.

24. September
Heute fahre ich mit dem Rad und besuche Freunde, die ich hier kennen gelernt habe. Ich bin viel mit Menschen zusammen, kaum alleine. Am Abend fahre ich mit dem Auto zu Franks Wohnung. Um sieben kommt ein Freund. Er bringt einen Salat und eine Flasche Rotwein mit. Wir suchen uns noch Sachen aus, die von Frank sind und uns gefallen. Wir trinken den Wein, reden, ich weine ab und an, dann kochen wir die Lebensmittelreste und essen diese auf. Wir sind bis Mitternacht da.

25. September

Ich schlafe sehr schlecht und habe wieder Magenschmerzen nüchtern. Ich trinke auch jeden Tag Alkohol. Vor dem Aufwachen erscheint mir Franks Seele, total aufgelöst und aufgeregt. Ich höre, dass sein Körper verbrannt wird und dass das seine Seele total durcheinander bringt. Seine Seele läuft hin und her und fliegt durch die Luft. Wem kann ich das nur erzählen? Werde ich dann für verrückt erklärt?

Ich bin am Hetzen, von einem Termin zum anderen. Frühstück dort, mittags dort, abends dort. Ich fahre immer mit dem Rad.

26. September

Am Nachmittag hole ich die Kinder ab. Wir fahren zusammen zur Phänomenta. Es ist schön dort, für mich jedoch anstrengend, weil ich traurig bin und diese Traurigkeit keinen guten Platz hier hat. Der Bestattungsunternehmer ruft mich dort an, um mir mitzuteilen, dass die Urnenbeisetzung am Sonntag um 13 Uhr stattfindet. Das macht mich dann total traurig und durcheinander. Doch habe ich jetzt keine Gelegenheit, das zuzulassen.

Ich frage die alte Dame, ob sie sich vorstellen kann, dass wir anschließend bei ihr Kaffeetrinken. »Ja«, sagt sie, »das habe ich auch schon gedacht.« Schön, das freut mich, dass wir denselben Gedanken haben. Wir verstehen uns prächtig. Die Freunde frage ich, ob sie einen Kuchen dazu backen. Ja, das wollen sie gerne tun.

Ich bin jetzt sehr traurig. Ich weine und bin überfordert. Ich habe so viele Termine.

Ruhe, ich sehne mich nach dir. Wo bist du?

Seit 18 Uhr telefoniere ich mit Leuten, um den Termin der Urnenbeisetzung bekannt zu geben.

Meine Haare haben sich verändert, seitdem ich hier bin. Sie sind fettiger geworden, die Wirbel zeigen sich mehr und ich trage meistens einen geflochtenen Zopf, ganz eng am Kopf. »Haare stehen für Gedanken. Jetzt sind sie geordneter, flattern nicht mehr so im Wind.«, sagt eine Freundin, als ich davon erzähle.

Ich überlege, wie viele Wochen ich mir Zeit nehme, um zu Hause anzukommen. Reichen mir vier Wochen? Oder setze ich mich damit unter Druck? Wo ist die Ruhe?

Dieses Loslassen ist so traurig.

27. September
Ich schlafe wieder sehr schlecht. Ab vier Uhr ist mein Geist wach.
Ich denke viele Gedanken und sehe viele Bilder.

Frank ist oft in meiner Nähe. Wir reden miteinander. Ich fürchte
mich nicht, fühle mich eher wohl, wenn er da ist, wenn seine
Seele, sein Geist da ist. Ich bin immer noch erstaunt darüber, dass
ich ihn am Montag so durcheinander und ängstlich fühlen und
sehen konnte. Ja, ich sehe ihn. Bin ich verrückt? Nein, so fühle
ich mich ganz und gar nicht.

Um halb zehn Uhr bin ich bei einem Freund zum Frühstück
eingeladen. Da sehe ich Frank auf dem freien Stuhl sitzen. Später
nehme ich die Gitarre, setze ich mich auf diesen freien Stuhl und
habe das Gefühl, ich sitze auf seinem Schoß. Gegen elf Uhr fahren
wir los, um Springbrunnen zu fotografieren. Leider fängt es bald
zu regnen an und in den meisten Brunnen läuft gar kein Wasser.
Ich bin für den Stativaufbau zuständig. Später lade ich ihn zum
Chinesen ein und erzähle ihm von Franks Geist. Gott sei Dank
hält er mich nicht für verrückt, wenn ich über solche Sachen rede.
Das tut gut.

Ich komme erschöpft in meinem jetzigen Zuhause an und lege
mich ein wenig ins Bett. Doch finde ich keine Ruhe, und mir ist es
kalt. So stehe ich lieber auf. Die alte Dame macht mir einen Grog,
der mich wärmt. Am Abend bin ich zum Essen eingeladen. Es ist
schön. Anschließend gehen wir ins Kino. Es ist ein lustiger Film,
und wir lachen viel.

28. September
Endlich einmal habe ich tief und fest geschlafen.

Ich bin traurig, weil Frank nicht mehr da ist. Ihn habe ich geliebt. Er fehlt mir. Ich muss jetzt meine Zeit anders ausfüllen. Ich
will bald heim. So gehe ich traurig nach oben zum Frühstücken.
»Kind, was ist denn?«, fragt die alte Dame. »Ich bin traurig.«
»Warum denn?« »Weil Frank tot ist.« Da nimmt sie mich kurz
in die Arme, nimmt mein Gesicht in ihre Hände und wischt mir
die Tränen weg. Das macht sie öfter, wenn sie mich weinen sieht.
Ich mag sie sehr.

Heute Abend rufen meine Freundinnen von zu Hause an. Sie
freuen sich, wenn ich heim komme. »Mach doch einen Frauen-

club oder trefft euch zum Spiele spielen.«, sagt der Freund. Ja, das ist eine gute Idee. Wenn ich wieder daheim bin, gründe ich eine Frauengruppe, die sich einmal im Monat trifft.

Jetzt habe ich mich entschieden, wie ich nach Hause fahre. Am Dienstag fahre ich los. Bruder, Freundin, Kloster, Freund, Freundin und dann nach Hause. Mache ich mir da Stress?

Ich stehe an einer Spitze meines Lebens. Bis jetzt ist vieles dramatisch, aufreibend, anstrengend und mit einem Neubeginn verbunden. Und jeder Neubeginn kostet viel Kraft. Gelassenheit und Ruhe sind meine Zauberwörter.

Ich bin jetzt schon traurig, wenn ich an den Abschied all der lieben Leute hier denke. Ich habe sie nur kurz, doch dafür sehr intensiv kennen gelernt. Wir haben eine Gemeinsamkeit: Den Tod von Frank.

29. September

Auf der Post stelle ich einen Nachsendeantrag. Ich gebe die Klosteradresse an. Dort will ich Mitte Oktober noch mal hin. Am Nachmittag fahre ich gemeinsam mit dem Freund zum Friedhof den Stein anschauen. Als ich davor stehe, heule ich sofort los. »Weine nur, das ist genau richtig jetzt.«, sagt der Freund. Er ist mir ans Herz gewachsen. Mit ihm kann ich lachen und weinen.

Der Stein ist sehr schön. Sein Vorname ist tatsächlich seine Handschrift. Es ist sehr schön gemacht. Ich setze mich davor und weine.

30. September

Es ist ein schöner Tag. Ich bin glücklich. Franks Bruder und ich laufen am Meer entlang. Es ist schön wie das Leben. Wir haben gemeinsam überlegt, dass wir, die das wollen, selber eine Grabrede halten, da der Pfarrer nicht bei der Urnenbeisetzung dabei sein kann. Ich möchte folgenden Satz sagen: »Lieber Frank, ich bin sehr traurig. Doch zurück bleibt für mich der Satz: Das haben wir richtig gut gemacht. Geh ins Licht.«

1. Oktober

Um 13 Uhr treffen wir uns zur Urnenbeisetzung auf dem Friedhof. Am Grab weinen wir alle. Es ist sehr bewegend. Der Bestattungsunternehmer macht wieder alles sehr schön. Ich weine sehr viel und spüre, dass ich ab jetzt weniger weinen werde. Ich weine seit Februar fast täglich. Am Ende stehe ich lange alleine vor dem Grab. Eine Freundin kommt und stellt sich schützend und wärmend hinter mich. Ich sage ins Grab hinein: »Und sie lebte glücklich und zufrieden bis an ihr Lebensende.« Ich meine mich selbst damit, und das kann ich jetzt genau so fühlen.

Anschließend treffen wir uns zum Kaffeetrinken. Es ist eine schöne Atmosphäre. Das Wetter ist wieder, genau wie am Sterbetag und der Trauerfeier, wunderschön mit Sonnenschein. Am Abend sind dann alle weg. Die alte Dame und ich reden noch ein wenig miteinander. Dann schauen wir gemeinsam mit hochgelegten Beinen und einer Decke darüber, mit Käsebrotteller und Tomaten, einen Tatort an. Das ist wunderschön, weil es mal etwas ganz normales und alltägliches ist.

2. Oktober

Heute Morgen ist der erste Morgen, an dem Franks Seele mich nicht besucht. Ich bin immer noch traurig über seinen Tod, jedoch sanfter. Nach dem Frühstück, wieder mit der alten Dame, fange ich mit Packen an. Anschließend fahre ich zum Hospiz, um mich von allen zu verabschieden. Hier habe ich eine kurze, jedoch außerordentlich wichtige Zeit verbracht.

»In den fahrenden D-Zug aufgesprungen und mit dem Intercity angekommen.«, sagt die Ärztin vom Hospiz zum Thema Frank beim Abschied. Mit der Heimleiterin kann ich über die verstorbenen Seelen reden.

Sie erzählt mir folgende Theorie von Rudolf Steiner: »Was er sagt, deckt sich mit meinen Erfahrungen, dass die Seele noch mal ihr Leben Revue passieren lässt. Und das dauert so lange, wie der Mensch in seinem Leben geschlafen hat. Das bedeutet bei Frank 13 Jahre. In dieser Zeit durchlebt er noch mal alle Gefühle. Deswegen kann es gut sein, dass seine Seele traurig oder wütend ist, so wie Sie das fühlen.« Durch diese Sichtweise fällt es mir jetzt leichter, Franks Seele weiter zu begleiten. Ich sehe ihn seltener in meiner Nähe stehen, sondern eher von weitem zuschauen. Auch steht er dann nicht auf dem Boden, sondern schwebt in der Luft. Sie schenkt mir zum Abschied ein Buch, das sie selber geschrieben hat. Es handelt vom Tod ihres Kindes. Wieder macht mir das Mut, ein eigenes Buch zu schreiben.

Am Nachmittag komme ich in furchtbaren Stress, weil ich mich von zwei Freunden in der Stadt verabschieden will. Alle Ampeln sind rot und viel Stau. Da kommt mir eine Erkenntnis: Aller Stress kommt von mir. Somit bin ich die Einzige, die Ruhe in mich hineinbringen kann. Ich bin überwältigt von diesem Gedanken. Ich fahre sofort langsamer, mit Blick auf die Sehenswürdigkeiten, die ich wie zum ersten Mal sehe. Da sind auf einmal alle Ampeln grün. Der Verkehr ist fast fließend. Und ich finde mühelos einen Parkplatz.

Am Abend bin ich bei Freunden zum Essen eingeladen. Die Tochter kocht extra für mich. Ich fühle und fühlte mich sehr wohl in diesem Haus. Diese Menschen leben ihr Leben bewusst und achtungsvoll. Der Abschied fällt mir sehr schwer.

3. Oktober

Um halb sieben rappelt der Wecker. Ein Freund kommt zum Abschiedsfrühstück. Die alte Dame hat schon am Vorabend den Tisch gedeckt. Am Morgen schiebt sie die Brötchen in den Backofen. Ich bin sehr gerührt von ihrer liebevollen Fürsorge.

Der Abschied von der alten Dame fällt mir schwer. Doch gegen zehn Uhr fahre ich los. Ich sage dem Meer noch Adieu und fahre anschließend zum Bruder.

Unterwegs auf der Autobahn spüre ich mein wundes Herz. Die Herzgegend tut sehr weh, es zieht bis in den Rücken und die Schulter. Ich rufe manchmal ganz laut »Au«, so weh tut es. Wenn ich in Ruhe komme, tut es mir am meisten weh, vielleicht weil ich es dann am meisten spüre.

4. Oktober

Ich stehe erst gegen 12 Uhr auf und mache alles sehr langsam. Ich sitze auf der Terrasse in der Sonne und tue nichts. Das ist ungewohnt für mich. Ich trinke einen Tee, esse ein Müsli und denke nach.

6. Oktober

Ich spüre ein Glücklichsein und eine Freude mit dem Hund des Bruders. Wir machen einen Spaziergang und freuen uns beide wie kleine Kinder. Die Leute wissen gar nicht wohin sie sehen sollen, zum Hund oder zu mir. Danach liegen der Hund und ich eine Stunde ganz eng auf dem Sofa. Oh, wie tut das gut. Ich bin glücklich und fühle Glück. Kann ein Tier mir helfen? Kann ein Hund mir helfen bei der Verarbeitung von Franks Tod? Plötzlich bin ich auch traurig. Ich muss so sehr angelehnt am Hund weinen, weil Frank tot ist.

Es ist drei Uhr in der Nacht und ich weine und weine. Ich kann gar nicht mehr aufhören. Ich weine, weil ich kein Zuhause habe, und ich mich frage, wie ich es immer wieder schaffe in solche Situationen zu kommen. Ich lerne Frank im Oktober kennen, im Januar sind wir ein glückliches Paar, im Februar wird Krebs diagnostiziert, und im September ist er tot. Das ist doch unglaublich. Ich weine sehr viel. Das mit Frank ist eine harte Geschichte. Und überall wo ich bin, erinnere ich an Frank. Und dann gibt es keinen Alltag. Es wird Zeit zu gehen.

Es ist gemein, dass Frank einfach stirbt. Ich weine immer noch. Doch jetzt gehe ich ins Bett.

7. Oktober

Um halb zwölf stehe ich mit verquollenen Augen auf. Zuerst dusche ich ausgiebig. Ich bin langsam in meinen Bewegungen und verspüre keinen Hunger. Mit dem Hund machen der Bruder und ich einen langen Spaziergang, der mich wieder zu mir bringt. Wir reden viel und gehen am Abend Fisch essen. Dann falle ich müde ins Bett.

8. Oktober

Ich verspüre eine Sehnsucht in mir drin nach Geborgenheit, nach Nähe. Sie wird jeden Tag größer. Wie wird sie kleiner? Indem ich den Inhalt der Sehnsucht ändere! Sehnsucht nach meiner Heilung, nach meiner Ganzwerdung, nach einem Glück, das von innen kommt.

Ja, das könnte es sein: Sehnsucht nach dem Glück, das von innen kommt. Glücklichsein von innen.

9. Oktober

Franks Seele kommt mich nicht mehr so oft besuchen. Eben sitze ich auf dem Sofa. Da kommt er. Es geht ihm gut. Er fühlt sich wohl. Ich vermisse ihn, seine Nähe, seine Arme, sein Blick, seinen liebevollen Blick. Für seinen bösen Blick, den er manchmal hatte, habe ich jetzt Verständnis. Es war für ihn eine Möglichkeit, durch die Augen Gefühle zu zeigen. Ich weiß jetzt auch, dass er es nicht persönlich gemeint hat. Frank hat mich geliebt, soviel er konnte.

Ich lese ein wundervolles Buch von Anne Philipp »Nur einen Seufzer lang«. Was sie schreibt, kann ich 100 % auch schreiben. Nein, nicht ganz. Sie hat ihren Mann »belogen«, was den Tod anbelangt, und sie haben sich acht Jahre geliebt. Doch die Gedanken und Gefühle danach sind die gleichen wie meine. Diese plötzliche Traurigkeit, wenn mich eine Kleinigkeit an Frank erinnert. Ich bestehe dann nur aus Trauer und Tränen. Und doch bin ich auch glücklich, wie jetzt, wenn der Hund mir zu Füßen liegt.

Gibt es eigentlich nur kurze Augenblicke des Glücks? Oder können diese Momente auch länger andauern?

11. Oktober

Wieder kann ich nicht einschlafen. Ich stehe auf und lese das Tagebuch von Frank. Daraus lese ich, dass er mich sehr geliebt hat. Ach Frank, ich vermisse dich.

12. Oktober

Viele Freundinnen von zu Hause rufen mich an und fragen, wann ich endlich nach Hause komme. Heute fahre ich los zu einer Freundin. Als ich dort ankomme, fühle ich mich leer, erschöpft, müde und voller Eindrücke.

13. Oktober

Heute Nacht schlafe ich sehr schlecht. Ich habe Bauchschmerzen und Herzschmerzen.

15. Oktober

Alles, was ich zum erstenmal nach Franks Tod tue, ist neu und ein Loslassen von ihm und damit mit Trauer verbunden. Wir gehen zusammen in die Disco, in der ich mich mit Frank geküsst habe.

Ich brauche einige Zeit, um auf die Tanzfläche zu gehen. Und ich kann nicht so beweglich tanzen wie im Januar. Ich bin steif, unbeweglich und schwarz angezogen. Ich kann keine Farbe tragen. Das ist okay, unterstützt jedoch die Unbeweglichkeit.

16. Oktober
Beim Spaziergang sammele ich Schafgarbe. Das macht mich glücklich und dankbar.

17. Oktober
Ich denke sehr liebevoll an Frank. Es durchfließt mich eine große Liebe, wenn ich an ihn denke. Ich bin sehr dankbar für die Zeit mit ihm. Ich sehe diese leidensvolle Zeit als Geschenk an. Ich fühle mich warm eingehüllt, wenn ich an Frank denke.

Ich weine auch manchmal, wenn ich an eine bestimmte Situation seit Februar denke, an ein bestimmtes Bild, einen Geruch, eine Erinnerung. Doch wenn ich allgemein an Frank denke, fühle ich Liebe. Er hat mich geliebt. Vielleicht ist dieses Gefühl eines der größten Geschenke.

18. Oktober
Ich verirre mich und fahre zwei Stunden um eine Stadt herum und suche das Kloster, in dem ich vor Franks Tod war. Auf keinem Schild kann ich es entdecken. Ich bin ungeduldig und den Tränen nahe. Endlich bin ich wieder im Kloster. Es ist wie zu Hause ankommen. Alle freuen sich, umarmen mich, schauen mich liebevoll an.

19. Oktober
In Ruhe kommt die Trauer hoch. Ich bin bereit dafür. Ich vermisse Frank und bin doch froh, dass er erlöst ist. Ich vermisse seine Umarmungen, die so innig waren. Wie gerne denke ich an unsere Begrüßungs-Umarmungen, wenn wir uns ein paar Tage nicht sahen. Ich weine. Mein Herz ist wund und tut mir richtig weh. Ich habe das Gefühl, Gott noch nie so nahe gewesen zu sein wie in dieser Zeit mit Frank. Ich fühle oft Gottes Gegenwart.

Ich sehne mich langsam nach meinem Zuhause. Ich weiß noch gar nicht, wie lange ich hier bleibe. Geplant ist bis Sonntag.

Ich habe mich im Dezember für die Vipassana-Meditation angemeldet. Mein Wunsch ist, mir nach Franks Tod eine Auszeit zu gönnen. Dazu nehme ich mir vor, nicht zu suchen, sondern warte, dass dies im richtigen Moment auf mich zukommt. Und so ist es geschehen. Vipassana heißt: Die Dinge so zu sehen, wie sie sind. Die Regeln sind hart: Um 4 Uhr aufstehen, 10 Tage sitzen, schweigen, weder schreiben noch lesen, keinen Kontakt nach außen, keine Musik, weder hören noch selber machen. Ich will das gerne ausprobieren.

20. Oktober
Ich habe schlecht geschlafen. Viele Seelen sind da gewesen. Frank ist sogar zweimal gleichzeitig da, einmal gesund und einmal krank. Der Gesunde ist erschöpft. Ich rechne zurück und komme auf den 10. Mai. Da war diese lange Operation.

Jetzt muss ich zutiefst weinen, weil Frank weg ist, weil das Leid um uns so groß war, weil die Liebe so schön war. Wir waren beide bereit, zusammen zu leben, nun sind wir für immer getrennt. Und das Grab ist so weit weg. Kurz habe ich überlegt, noch mal zurück zum Grab zu fahren. Das sind zwei Stunden Autofahrt. Doch nein, ich bin jetzt auf dem Nachhauseweg und sollte nicht zurückschauen.

Ich backe für die Schwestern Brot. Ich liebe es Brot zu backen, es macht mich glücklich.

21. Oktober
Der Wecker rappelt, ich gehe zur Eucharistiefeier, die mir gut tut und Kraft gibt. Anschließend mache ich mich nützlich, indem ich den Weg um das Haus von Blättern und Eicheln befreie. Das tut so gut, alltägliche Dinge zu tun. Nach dem Mittagsgebet und -essen backe ich einen Apfelkuchen.

22. Oktober
Alle Samstage und Sonntage berechne ich seit Franks Tod. Heute ist die sechste Woche nach seinem friedlichen sanften Sterben.

Wenn ich von seinem letzten Atemzug erzähle, bin ich glücklich und strahle. Der Satz: »Das haben wir beide gut gemacht.« ist sehr lebendig in mir und lässt mich Frank als großes Geschenk ansehen.

Jetzt wird mir erst bewusst, wie erschöpft ich beim ersten Mal war, als ich hier war. Ich konnte fast nichts tun, außer lesen und eine halbe Stunde joggen. Jetzt bin ich um einiges aktiver.

23. Oktober

Ich bin traurig und sehe Frank im Sarg oder im Totenbett liegen, ein Auge geöffnet, die kalten Hände ineinander gelegt. Ich bin auch traurig, weil ich wieder einmal Abschied nehme. Denn morgen fahre ich weiter zu einem Freund. Es ist ein weiterer Abschied und Loslassen von Frank. Ich bin in Trauer.

Beim Abendessen frage ich, ob es möglich ist, eine Altarkerze zu kaufen, die alle Schwestern segnen. Da sagen sie: »Wir können nicht die Kerze alleine segnen. Wir wollen Sie segnen.« Und das tun sie auch. Ich bin sehr gerührt und erfüllt mit dem Segen und der Liebe der Schwestern.

24. Oktober

Ich fühle mich wohl hier, müde und gesegnet. Der Abschied fällt mir schwer. Alle mögen mich. Ich darf mich wohl fühlen, wie zu Hause. Ich bekomme eine Umarmung von jeder Schwester und fahre mit Tränen in den Augen los.

25. Oktober

Beim Spaziergang im Wald überrollt mich die Trauer. Ich weine leise und finde Trost an einem Baum, den ich mit meinen Armen umschlinge.

27. Oktober

Wieder geht die Reise weiter, und wieder bin ich willkommen.

30. Oktober

Nach fünf Stunden Fahrt bin ich mitten im Land und meinem zu Hause schon näher. Auch meine Freundin empfängt mich mit Freuden. Am Abend schleppt sie mich auf die Kirmes. Zuerst fühle ich mich fehl am Platz, doch dann fange ich an zu tanzen und tanze bis morgens um halb sechs Uhr.

1. November
Elf Stunden habe ich geschlafen! Und bin immer noch müde.
Es begann hier, und es endet hier an diesem Ort. Ich spüre
wie eine neue Ära beginnt. Frank ist der Gipfel, der i-Punkt. Jetzt
kommt die Wende. Ich freue mich auf die Ruhe zu Hause. Doch
habe ich begriffen, dass die Ruhe in mir drin liegt. Ich muss sie
nur freischaufeln.
Ich habe ein paar SMS losgeschickt, um Hilfe beim Autoausladen zu bekommen, wenn ich in meinem Zuhause ankomme. Ich
freue mich auf das Heimkommen. 12,5 Wochen bin ich dann unterwegs gewesen.
Ich vermisse Frank. Es geht ihm gut, dort wo er jetzt ist.

2. November
Ich bin krank. Kopfweh, Halsschmerzen, Schnupfen, sogar die
Lunge tut weh. Ich habe eine dicke Erkältung und fast keine Kraft
aufzustehen. Doch ich will los. Ich will nach Hause.
Nach fünfeinhalb Stunden Fahrt bin ich zu hause angelangt.
Unterwegs wünsche ich mir, dass mir niemand im Haus begegnet,
wenn ich ankomme, damit ich mich gleich ins Bett legen kann.
Der Wunsch geht in Erfüllung. Nach zwei Stunden kommen liebe
Freunde und helfen mir beim Autoausladen. Ich bin sehr dankbar.
Alleine hätte ich nicht die Kraft dazu. Sie laden mich zum Essen
ein, doch bin ich froh, bald wieder im Bett zu liegen. Ich schlafe
selig.

3. November
Meine liebste Freundin Christel kommt am Morgen. Am Nachmittag kommt sie gleich noch einmal und bringt mir Lebensmittel
mit. »Das ist mein Blumenstrauß.«, sagt sie. Christel ist meine
wahre Freundin.

5. November
Ich habe sehr mit und für Frank gelebt. Ich bereue nichts, keinen
Tag, keine Stunde, keinen Fehler. Ich fühle eine Unruhe in mir,
weil ich jetzt wirklich alleine bin. Ich vermisse es, an das Grab
von Frank zu gehen. Jetzt liegen wieder 1000 km dazwischen.

7. November

Ich bin hier anders traurig. Da ich viel alleine bin, kommen viele Gedanken an Frank. Ich trage ausschließlich schwarz, auch zu Hause. Ich fühle mich in keiner anderen Farbe wohl. Und das darf jetzt so sein. Obwohl ich auch spüre, dass schwarze Farbe mich runterzieht und noch trauriger macht.

8. November

Mit einer Freundin mache ich einen »Oma«-Spaziergang. Das ist ein Spaziergang, bei dem ich nur langsam gehen kann, da ich immer noch geschwächt bin von der Erkältung. Das war wohl eine richtige Grippe.

9. November

Der erste Montag im Monat wird der Termin für den Frauenabend sein. Im Dezember findet das erste Treffen statt.

10. November

Es wird ein Tagebuch-Projekt von zwei Menschen von der Uniklinik initiiert. Sie haben mich angerufen und gefragt, ob ich da mitmachen möchte. So schreibe ich jetzt Tagebuch über eine Woche, in der Frank gelebt hat und eine Woche aus der Zeit, nachdem er gestorben ist. Und dann soll ich noch über ein wichtiges Thema schreiben, das mich in dieser Zeit besonders prägte.

12. November

Ich weine viel. Das Leid ist übermenschlich groß, das Frank und ich erfahren haben. Ich habe so laut geweint, dass die Hausbewohnerin, die unter mir wohnt, zu mir hoch kommt und mich tröstet. Jetzt geht es mir besser.

13. November

Ich sehe Frank mit halben Gesicht oder blutig und abgemagert, erschöpft und ausgelaugt. Viele Bilder habe ich noch nicht verarbeitet. Ich lasse mir Zeit, sie zu verarbeiten. Nichts drängt mich.

Um neun Uhr stehe ich heute Morgen auf. Ich schaue in zwei Geschäften, ob ich was Schwarzes finde zum Anziehen, doch es hat mir nichts gefallen. Um halb zwölf bin ich wieder zu Hause und habe Hunger auf Brot mit Käse. Ich räume die Wohnung auf, lese Tagebuch und schreibe Sätze ab, die ich vielleicht benützen will. Es fällt mir schwer, an dem Tagebuch-Projekt zu arbeiten, da ich sehr tief in die vergangene schwere Zeit hineingehe und sie nochmals durchlebe. Das Leid war viel zu groß, eigentlich ging es über menschliche Kräfte hinaus. Gottes Liebe hat uns geholfen, diese Last zu tragen. Und deshalb habe ich mir ein sehr schweres Thema ausgesucht: Die Liebe! Es fällt mir schwer, diese Liebe in Worte zu fassen. Doch ist es genau die Liebe, die mich am meisten beeindruckte in dieser schweren Zeit. Und mir kommen Gedanken, wie: Werde ich überhaupt verstanden?

Jetzt mache ich zuerst einen Spaziergang durch die Weinberge, dann sehe ich weiter. Da hängen noch ein paar Gutedeltrauben, die vorzüglich schmecken. Dabei fällt mir auf, dass überall noch viele Trauben hängen. Später besuche ich einen Freund und erzähle von meinen vielen Erlebnissen. Um sieben Uhr komme ich nach Hause und um acht Uhr bin ich schon beim Hospiz-Stammtisch. Ich teile der Hospizgruppe mit, dass ich die Angehörigen in ihrer Trauer begleiten möchte. Das ist ein guter und ereignisreicher Tag gewesen.

14. November

Heute Morgen rappelt der Wecker um halb neun. Ich will noch vor dem Yoga duschen. Beim Yoga freuen sich die Leute, mich wieder zu sehen. Wieder zurück stelle ich die Wohnung um und trenne mich von einigen Dingen. Ich brauche mehr Platz um mich herum und weniger materielle Dinge.

Am Abend treffe ich mich wieder mit ein paar Hospizleuten. Sie laden mich zum Abendessen ein. Es geht um die Ermöglichung ihres Traumes. Ich mache mit, denn ich bin begeistert. Ich gründe mit ihnen einen Verein, und dann guck ich mal, ob mehr daraus wird. Ich merke mal wieder, wie schnell ich im Denken und bei einer Sache sein kann. Und dann engagiere ich mich mit allen Kräften. Ich finde das gut, muss nur aufpassen, dass ich mich nicht verzettele.

Als ich heimkomme, treffe ich meine Hausbewohnerin. Wir plaudern eine gute halbe Stunde miteinander. So bin ich den ganzen Tag unterwegs und mit den unterschiedlichsten Menschen zusammen. Es ist schön aber auch anstrengend. Doch eigentlich ist es eher ein Geschenk. Ich habe heute nicht viel an Frank gedacht und gar nicht geweint. Ich weine fast jeden Tag ein bisschen. Ich schlafe in meinem neuen Schlafzimmer.

15. November
Ich habe sehr gut geschlafen. Der Computer steht im neuen Wohn- und Arbeitszimmer auf meinem roten Schreibtisch. Wenn ich daran sitze, schaue ich aus dem Fenster. Hier ist ein guter Ort zum Schreiben. Die Stereoanlage von Frank steht auch auf ihrem Platz, nur angeschlossen ist sie noch nicht. Sie ist eine schöne Erinnerung an Frank. Sie symbolisiert die Fülle, die ich mit ihm erleben durfte. Gleich backe ich Brot. Einen Spaziergang will ich auch noch machen. Seit dem Klosteraufenthalt, mache ich täglich einen Spaziergang.

17. November
Die Stereoanlage ist angeschlossen. Ich weine, als ich sie ansehe und Musik höre. Frank ist tot. Ich weine jeden Tag um Frank. Manchmal viel, manchmal wenig. Ich habe ein gutes Gefühl dabei, weil ich die Traurigkeit zulasse.

Eine Orchidee und der Weihnachtskaktus blühen beide rosa.

Am Nachmittag besucht mich eine Freundin. Es ist sehr schön.

18. November
Beim Spaziergang kommt mir der Gedanke: »Heute vor zehn Wochen ist Frank gestorben.« Da fange ich sehr stark an zu weinen. Ich kann nicht mehr weiter gehen, kann nur noch weinen. Als es vorbei ist, gehe ich traurig nach Hause.

Gegen sieben Uhr fahre ich in die Stadt. Ich gehe zum Konzert von einem Lehrer von mir. Er freut sich mich zu sehen. Freunde halten mir einen Platz frei. Doch ich kann nicht ruhig sitzen, sondern tanze die meiste Zeit. Einmal denke ich ganz stark an Frank, da muss ich wieder anfangen zu weinen, aber nicht so stark wie beim Spaziergang. Es ist ein sehr schönes und gutes Konzert.

20. November
Ich schreibe jeden Tag am Tagebuch-Projekt. Ich durchlebe die Zeit
noch einmal. Ich rieche sogar die Ausdünstungen von Frank. Die
Tage vor seinem Tod ist es besonders schlimm. Und ich sehe ihn
vor mir stehen, abgemagert bis auf die Knochen, mit der großen
Spritze in der Hand, die er zur Magensonde führt. Da ist noch
kein Abstand. Doch ich spüre, dass es mir gut tut, mich mit dieser
schweren Zeit zu beschäftigen. Sie verliert dadurch ihre Schwere.

21. November
Heute Morgen mache ich es mir gemütlich im Bett. Ich koche Tee,
trinke ihn im Bett und lese. Um elf Uhr stehe ich auf und jogge
eine halbe Stunde.
　　Danach schreibe ich am »Liebesthema«. Ich werde fertig. Das
macht mich froh. Ich gehe zu Christel und lese es ihr vor. Sie erinnert mich an die Aggressionen von Frank und den Schmerz, den
er mir damit zufügte. Das habe ich nämlich unterschlagen. Das
werde ich noch einfügen. Den Liebestext findet sie gut. Sie ist berührt. »Der stimmt für dich.«
　　So, jetzt schreibe ich von Hand ein paar Zeilen an eine Schwester im Kloster. Ich bin sehr glücklich, diese Schwestern kennen
gelernt zu haben. Ich bin sowieso ein Glückspilz.

22. November
Am Morgen versuche ich den Professor zu erreichen. Da ich am
Montag in der Stadt bin, will ich ihn fragen, ob er noch was von
Frank erfahren will. Dann würde ich zu ihm gehen. Doch er ist
nicht da und kommt erst am Montag zurück.
　　»Ich danke dir für deine Aufrichtigkeit und dass du diesen Mann
begleitet hast.«, sagt mein alter Freund am Telefon. Da kommen
mir die Tränen. Er bedankt sich, obwohl er Frank gar nicht kannte.
Das erinnert mich an den Bestattungsunternehmer. Er bedankte
sich auch bei mir.
　　Mit meiner Katze auf dem Schoß höre ich meiner neuen Stereoanlage zu. Ich höre Jazz. Es klingt wunderbar. Doch werde ich
auch traurig. Ich hätte lieber Frank lebend, als ihn tot und dafür
seine Anlage.

23. November
Die CDs kommen, die ich mir von Franks Bruder wünschte. Er schreibt: »*Hallo Annemarie, liebe Grüße von hier, fahre am Wochenende in den Norden, grüße Frank von dir. Dein S.*« Da muss ich weinen, als ich lese, dass er Frank von mir grüßt. Schade, dass das Grab so weit weg ist. Über die CDs freue ich mich sehr, besonders über Jan Carbarek. Sie läuft jetzt schon seit Stunden.

24. November
Ich telefoniere mit einem Freund aus dem Norden. Wir sprechen über Sterbebegleitung, da es seiner Mutter nicht so gut geht. Ich schicke ihm ein Buch darüber und biete ihm an, dass er mich jederzeit anrufen kann und dass ich gerne für ihn da bin. Hier wie dort ist heute herrlicher Sonnenschein mit strahlend blauem Himmel. Manchmal wundere ich mich, dass mich nur noch selten jemand anruft.

25. November
Heute Morgen wache ich um sechs Uhr auf. Ich höre ein Klopfen und spüre, dass Frank da ist. Er weint und ist sehr traurig. Ich frage ihn, was los ist und rechne zurück. Er starb heute vor elf Wochen. Ich rechne immer noch in dieser Zeitrechnung. Dreimal soviel sind 33 Wochen. Ich sehe im Kalender, dass das Anfang April ist. Auf jeden Fall ist er traurig und weint, und ich sage, er könne in mein Bett kommen. Er legt sich vor mich und ich lege meinen Arm um ihn und tröste ihn. Er beruhigt sich. Ich kann nicht mehr einschlafen. Ich bin so froh, dass mir die Gegenwart von Frank keine Angst macht.

26. November
Es ist Totensonntag, und ich bin abgrundtief traurig und doch scheint ein Licht. Ich weine wegen Frank. Ich weine, weil ich soviel loslassen muss. Ich weine, weil ich ständig Abschied nehmen muss. Ich weine, weil ich alleine bin.

Beim Aufräumen finde ich den kurzen Brief, den Frank an mich schrieb. Sofort weine ich. Ich rufe eine Freundin an, doch sie ist nicht da. So rufe ich einen Freund an. Das Plaudern tut mir ein wenig gut, denn eigentlich habe ich das Bedürfnis einfach nur zu weinen. Ich bin so traurig wie schon lange nicht mehr. Ich bin jeden Tag traurig, meistens nur kurz. Doch heute hält das so ewig lange an. Das scheint wohl ein sehr trauriger Tag zu sein. Ich glaube, viele Menschen sind heute traurig. So traurig wie heute war ich oft im Norden. Ich wünsche mir, dort oben zu sein, am Grab. Ich stelle mir vor, dass meine Traurigkeit dort ihren Platz hat.

Brief an den Bestattungsunternehmer:
Lieber Freund,
ich danke Dir für Deinen Brief, der mich sehr berührt hat. Ich finde es sehr schön, dass Du noch an mich denkst. Und ich bin überwältigt davon, dass Du Dich bei mir bedankst für die Begleitung von Frank.
Ich bin heute (Totensonntag) sehr traurig. Es scheint, dass heute viele Menschen traurig sind. Es war mir gar nicht so klar, warum ich heute so traurig bin, bis jemand sagte, dass eben heute dieser Tag ist. Ich fand heute einen Brief von Frank, indem er von seiner Liebe zu mir schreibt. Und es ist die Liebe, die mir die Kraft gab, diese schwere Zeit zu bestehen. Frank ist für mich ein großes Geschenk. Die Lebens- und Sterbebegleitung von Frank ist ein Geschenk. Ich bin dankbar dafür. Ach, genug philosophiert.
Ich bin gut zu Hause angekommen vor drei Wochen. Ich brauchte doch recht lange, um nach Hause zu gehen. Meine Gedanken und Ge- fühle waren einfach noch ganz stark bei Euch im Norden.
Jetzt bin ich schon nicht mehr so traurig. Lieber Freund, Du hast die Beerdigung für Frank sehr schön gemacht. Ich danke Dir von Herzen dafür. Schade, dass du nicht mehr zum Kaffeetrinken kommen konn- test. Du hast uns gefehlt. Auf jeden Fall bist du mir jederzeit herzlich willkommen, falls Dich Deine Wege mal tief in den Süden führen. Ich freue mich auf ein Wiedersehen.
Annemarie

27. November
Heute geht es mir wieder besser. Gleich gehe ich runter zu mei- nen Hausbewohnerinnen zum Fernsehen. Ich nehme eine Flasche Rotwein mit. Ich trinke etwas mehr zurzeit. Doch habe ich mich damit abgefunden. Ich brauche es jetzt, und es kommen wieder andere Zeiten. Das sagen alle, und ich glaube es auch.

28. November

Heute ist wieder Yoga, und da mal wieder herrliches Wetter ist, mild und Sonnenschein mit blauem Himmel, mache ich eine lange Radtour. Es macht sehr viel Spaß, und mein Wunsch nach einer rennradfahrenden Frau geht heute auch in Erfüllung. Sie überholt mich und freut sich auch riesig, dass eine Frau Rennrad fährt. Wir tauschen unsere Telefonnummern aus. Alle meine Wünsche gehen in Erfüllung! Welch ein Segen! Ich muss nur geduldig darauf warten können.

Zu Hause angekommen, bin ich erschöpft. Trotzdem setze ich noch Plätzchenteig an: Ingwerherzen, Walnusskekse und Kokosmakronen. Jetzt habe ich Kopfweh.

Ein Freund schreibt mir einen anrührenden Brief. Ich bat ihn darum meinen Tagebuchbeitrag zu lesen, und er ist überwältigt davon. Er schreibt: » ...aber dir war ich begegnet, bevor ich deinen Text las. Damals beim Hospizstammtisch. Frank lebte noch. Du erzähltest von ihm und von dir. Ich erlebte dich so mutig im Erzählen und so stark und so verwundbar. Und nun erlebe ich dich so stark im Aufschrei(b)en dessen, was du mit dir und Frank und wohl auch mit Gott erfahren hast. Das, was du schreibst, habe ich für mich noch nicht erfahren. Doch ich bin jetzt einen Schritt weiter: Ich kenne jemanden, die das erfahren hat. Dich ...« Zum Schluss schreibt er, was mich etwas schockiert: »Mein Weg ist sehr ein Weg nach unten.« Ich möchte ihm jetzt sofort darauf antworten.

Lieber Freund,

ich danke Dir für Deinen Brief, für Deinen Versuch, mir eine Antwort zu geben. Ich bin berührt von Deinen Sätzen. Doch von einem Satz bin ich schockiert: »Mein Weg ist sehr ein Weg nach unten.«

Zuerst einmal: Danke für Deine Wahrhaftigkeit, für Deinen Mut, mir solch einen Satz anzuvertrauen. Allein das beweist doch schon, dass er (so glaube ich) falsch ist. Allein die Mitteilung solch eines Satzes sagt mir: Dein Weg geht nach oben. Wenn auch nicht so steil, wie es bei mir ständig der Fall ist. Was übrigens oft sehr anstrengend ist. Wenn ich da abstürze ist es mit Schmerzen verbunden.

Ich glaube, unsere Gedanken lenken unser Leben. Deshalb wünsche ich mir sehr, dass Du diesen Satz neu überdenkst und neu formulierst.

Unser Projekt führt uns steil nach oben. Da ist ein enormer Bedarf

auf unserer Erde nach Menschen, die solche Projekte verwirklichen. Und diese Menschen sind großartig, einmalig, wundervoll. Sonst würden sie so etwas gar nicht beginnen wollen. Vielleicht war es so, dass Dein Weg nach unten führte in der Vergangenheit, doch jetzt ist Gegenwart, und die ist gut. Ach, das sind so meine spontanen Gedanken zu diesem Satz. Er hat mich so beschäftigt, dass ich Dir gleich antworten will. Wenn ich zu hart bin oder Dich verletze, dann entschuldige bitte. Das ist nicht meine Absicht.
Annemarie

29. November

Kurz nach acht Uhr stehe ich auf. Nach einem kleinen Frühstück stelle ich alle leichten Möbelstücke hoch, kehre darunter und putze anschließend. Das nimmt zwei Stunden in Anspruch. Dafür ist jetzt alles blitzeblank sauber, und ich fühle mich wieder wohl. Ich brauche einfach eine gewisse Ordnung und Sauberkeit um mich herum.

Kurz nach zwölf Uhr holt mich eine Freundin ab. Wir fahren zum Italiener und essen das Tagesgericht: Salat und Tortellini mit Apfelsaftschorle. Um zwei Uhr fahren wir zurück. Ich besuche eine andere Freundin. Wir trinken Tee und unterhalten uns wie immer gut. Sie findet meinen Liebestext auch gut. Nur würde sie die Passagen von Ulrich Schaffer weglassen oder in meinen eigenen Worten umformulieren. Da hat sie Recht, finde ich.

Auf dem Nachhauseweg komme ich an der Gärtnerei vorbei. Ich will mir rosa Blumen kaufen. Der Gärtner zeigt mir einen ganz besonderen Weihnachtsstern. Außen sind die Blätter weiß, innen rosa-rot. Es gibt nur ein Exemplar davon. Er freut sich, dass er mir eine Freude damit machen kann. Weiter geht es zum Zahnarzt. Ich habe am Morgen die Karte vergessen. Ich schenke ihm einen Sauerkirschlikör und erzähle von Frank. Er ist sehr daran interessiert. Ich kann jetzt gut darüber erzählen, ohne gleich in Tränen auszubrechen.

Ich schaue bei Christel vorbei. Leider ist sie nicht da. Im Kleiderladen liegt ein rosa Pullover im Schaufenster. Seit langer Zeit wünsche ich mir einen rosa Pullover. Ich probiere zwei unterschiedliche an. Der eine passt sehr gut und ist himmelweich und hat ein sehr feines zartes Rosa. Er fühlt sich sehr gut an beim Tragen. Ich kaufe ihn. Es hat viel mit Frank zu tun, dass ich einen rosa Pullover brauche. Er ist für mein wundes Herz gedacht. Ich werde ihn mitnehmen zur Meditation, auf die ich mich schon freue.

Endlich komme ich zu Hause an. Ich lese zurzeit das Buch von der Heimleiterin des Hospizes, das sie mir zum Abschied schenkte. Ich bin beeindruckt und finde mich in vielem wieder. Es macht mir noch mehr Lust auf mein Buch. Ich möchte gerne bald damit beginnen. Am Montag fragte ich beim Hauffe Verlag nach, ob sie Seminare zum Schreiben lernen anbieten. Nein, leider nicht. Ich komme erst nach zwölf ins Bett und kann nicht einschlafen und wälze mich so halb wach halb schlafend im Bett umher.

Was für ein Tag!

30. November

Viertel nach acht rappelt der Wecker. Ich will Brotteig ansetzen. Doch ich habe keine Kraft aufzustehen. Meine Augen wollen nicht aufgehen. Um neun Uhr schaffe ich es. Ich backe doppelte Menge heute und zu allem Überfluss backe ich auch noch drei Sorten Plätzchen. Wenn schon, denn schon. Das kann ich gut.

Um halb zwei habe ich Zeit bei Sonnenschein eine halbe Stunde zu joggen. Es geht mir sehr gut dabei. Auf dem Rückweg in Höhe der Gärtnerei fährt plötzlich ein Rennradler auf der Straße, der mich sehr an Frank erinnert. Er sieht irgendwie wie Frank aus. Ich bleibe stehen, um ihm nachzusehen. Da fange ich ganz fürchterlich an zu weinen. Es schüttelt mich. Ich biege rechts den Weg ein, halte am Zaun an und weine bitterlich. Als ich mich ein wenig beruhigt habe, kann ich langsam mit gebeugtem Kopf nach Hause gehen. Zu Hause dusche ich gleich und backe das Brot. So bin ich abgelenkt.

Ab fünf Uhr kommen meine Kunden. Sie geben sich die Türklinke in die Hand. Gleichzeitig hole ich die Plätzchen aus dem Ofen und stelle neue hinein. Ich bin froh, als alle weg sind und ich aufräumen und weiter spülen kann. Zehn vor sieben schaffe ich es tatsächlich, mich für zehn Minuten auf meinen Meditationsplatz im Schlafzimmer zu setzen. Das tut mir sehr gut. Jetzt esse ich zwei Scheiben Brot, seit dem Frühstück habe ich nichts mehr gegessen.

Als ich Christel das Erlebnis von dem Rennfahrer erzähle, fange ich wieder an zu weinen. Ich lege meinen Kopf an ihre Schulter. Sie hält ihn fest. Mir wird bewusst, dass ich mich heute Mittag ablenkte und so die Trauer unterschluckte, also nicht verarbeitete. Deshalb kommt sie jetzt noch einmal heraus. Ich will mich bemühen, meine Trauer gleich zuzulassen.

Jetzt wird es Zeit zu gehen. Mit dem Rad fahre ich weiter zu meiner Schwester. Ich freue mich, sie zu treffen. Wir wollen Salat essen gehen, nach ihrer Arbeit. Je mehr ich denke, dass ich aufhören will, Alkohol zu trinken oder weniger zu essen oder jeden Tag zu meditieren, desto weniger tue ich es. Christel kennt das auch. Das tut natürlich wieder gut, wenn es anderen auch so geht.

Wieder so ein voller Tag!

1. Dezember

Die Zeit vergeht sehr schnell. Fast ist das Jahr vorbei.

Die Frau, die das Tagebuch-Projekt leitet, ist da. Ich habe sie tatsächlich falsch verstanden. Ich soll für jeden Tag eine halbe DIN A4-Seite schreiben, nicht für die ganze Woche. Jetzt schreibe ich alles wieder neu, und wieder gehe ich in diese Zeit hinein. Ist das meine Art der Verarbeitung? Ich bin eher traurig, seit ich den Radfahrer gesehen habe. Ich weine wieder öfter. Doch ich glaube, es gab auch schon mal einen Tag, an dem ich gar nicht weinte. Mein Herz ist noch sehr wund. Es fühlt sich immer noch an wie rohes Fleisch.

Als ich in den Briefkasten schaue, bin ich sehr glücklich: Drei Leute schreiben mir.

2. Dezember

Ich gehe gleich in den nächsten Ort in die Kirche zum Abendmahl. Ich denke gerne an das kraftspendende Abendmahl im Kloster und erhoffe mir das auch hier zu finden. Wieder zuhause koche ich chinesisch. Dazu habe ich meine Hausbewohnerinnen eingeladen. Ich habe zurzeit viel Hunger und das Gefühl nicht satt zu werden. Was fehlt mir? Seit ein paar Tagen schaffe ich es zehn Minuten zu meditieren. Das ist sehr schön. Ich stelle mir den Wecker in der Küche und bis er rappelt, bleibe ich ruhig sitzen. Jetzt drucke ich noch die Tagebuchwoche vom 27.07. bis 3.8. aus. Es sind acht Seiten. Anfang Januar möchte ich sie abgeben.

3. Dezember

Ich bin wieder einmal traurig und trage schwärzestes Schwarz. Sogar die Unterhose und Strümpfe sind schwarz. Ich bin in Trauer. Mein Herz ist immer noch sehr wund. Es tut oft weh. Ich spüre einen körperlichen Schmerz. Ich weine. Mein Weinen ist zarter geworden. Nicht mehr wie ein Klageweib. Ich brauche Hilfe, um zu trauern, und ich möchte beten lernen. Aber jetzt fahre ich zuerst Rennrad. Das freut mich immer und macht mich für den Moment glücklich. Das Radfahren tut mir wie immer sehr gut, obwohl ich viel weine währenddessen. Ich bin einfach sehr traurig, weil Frank tot ist. Zwölf Wochen ist es jetzt her.

Um halb sieben komme ich nach Hause. Da steht schon eine Freundin vor der Tür. »Ich bin zu spät«, sagt sie. »Nein, du bist zu früh.« sage ich. Denn der erste Frauenabend beginnt erst um acht Uhr. Da freut sie sich. Später kommen noch drei Frauen. Wir reden ganz belanglos und doch über wichtige Themen. Als alle da sind, sprechen wir über unsere Wünsche und Vorstellungen. Und dann spielen wir activity. Es macht uns allen einen Riesenspaß. Alle freuen sich auf das nächste Treffen im neuen Jahr. Ich werde den Abend wieder leiten und bitte um Pünktlichkeit.

Ich habe heute viel erlebt.

4. Dezember

Zwei liebe Briefe sind im Briefkasten, einer mit einer Kassette mit Gedichten. Die werde ich morgen auf der Fahrt zum Meditationszentrum hören. Und ein Brief kommt von einer Schwester aus dem Kloster. Sie schreibt:

»Liebe Annemarie, liebe Schwester! (Da muss ich vor Rührung schon weinen.)

Ich danke ihnen sehr, dass ich lesen durfte, was Sie von ihrem tiefen Erleben geschrieben haben. Unsere Spaziergänge mit all Ihrem Erzählen wurden noch einmal ganz gegenwärtig. Für mich ist es ein großes Geschenk. Ihr tiefes Erleben und Verarbeiten. Das Gebet, ihr Schutzgebet, habe ich mir abgeschrieben und auch ihren Satz: »Wenn ich liebe, übernehme ich Verantwortung.« *Sie werden mit dem, was Sie geschrieben haben, gewiss manchen Leidtragenden erreichen und ihm/ihr helfen. Ich denke, das Licht ihrer Liebe wird anderen helfen, inmitten aller Dunkelheit auch ihr Liebeslicht zu entdecken und aufleuchten zu lassen. Ich wünsche Ihnen, dass dieses Licht sie auch jetzt - heute und morgen - durch grauen Alltag und Nebel leitet und ihnen und anderen leuchtet. Konnten Sie mit den Holzscheiben etwas anfangen? Mit dem kleinen Gruß von mir kommen ganz warme Gedanken und Wünsche zu ihnen von Ihrer Schwester G. Gottes Liebe, sein Segen umhülle sie immer!«*

Ich bin sehr berührt von soviel Liebesbezeugungen, soviel Wärme. Ich muss weinen. Musste Frank sterben, damit ich all das erlebe? Nein!!!! Ich bin jetzt zutiefst erschüttert und sitze 15 Minuten still da. Jetzt bin ich wieder in meiner Mitte. Erstaunlich, wie mir die Stille dabei hilft. Oder ist es nicht erstaunlich, sondern ganz normal, dass nur der Weg der Stille zur Mitte führt? Und ich begreife es jetzt? Ich freue mich sehr auf die Vipassana-Meditation und bin in freudiger Erwartung.

Meine liebe Schwester G.,
ich bin sehr berührt und weine vor Rührung, weil Sie mich mit Schwester anreden. Ich sehne mich danach eine Schwester zu sein und mit anderen Schwestern Kontakt zu haben. Es macht mich glücklich. Das Weinen liegt so nah am Glück.
Letzten Freitag traf ich die Herausgeberin des Tagebuch-Projektes. Dabei deckte sich ein Missverständnis auf. Ich dachte, ich darf nur eine halbe DIN A4-Seite für die ganze Woche schreiben, dabei gilt diese Beschränkung für jeden einzelnen Tag. Jetzt schreibe ich alles wieder neu. Allerdings fällt es mir schwer, da ich erneut diese Zeiten durchlebe. Und dann kommt vermehrt die Trauer auf. Gleichzeitig sage ich mir, dass das meine Art der Verarbeitung ist, tief in ein Erlebnis hineinzugehen.
Als ich das Nachtschränkchen in mein neues Schlafzimmer stellte, konnte ich die Holzscheiben gebrauchen. Das kleinste Brett benütze ich als Untersetzer. Dafür eignet es sich hervorragend. Gestern Abend war der erste Frauenabend. Es kamen vier Frauen. Wir lernten uns ein wenig kennen und sprachen über unsere Wünsche und Vorstellungen. Danach spielten wir ein Spiel. Alle freuten sich da zu sein und sich selbst und die anderen zu erleben. Am 8. Januar ist das nächste Treffen. Ich werde es wieder gestalten.

*Liebe Schwester G., ich bin so froh, dass ich Sie und alle anderen
Schwestern kennen lernen durfte. Eben dachte ich:* »Musste Frank dafür
sterben?« *Nein, das kann nicht sein. Ich vermisse Sie alle und Ihren Ort
des Gebets. Das Beten will ich lernen. Es fällt mir noch schwer, mich in
Stille hinzusetzen. 10 - 15 Minuten schaffe ich am Tag.*

*Ich engagiere mich in der Hospizgruppe. Ich möchte für die Angehöri-
gen da sein. Bis jetzt hatte ich noch keinen Einsatz. Dann beteilige ich
mich sehr stark an einem Wohn-Projekt. Gestern gründeten wir einen
Verein, um ein rechtliches Fundament zu haben. Ich bin sehr gespannt,
wie es weitergeht. Gestern war ein bedeutender Tag für mich. Ich grün-
dete mit lieben neuen Menschen einen Verein und eine Frauengruppe.*

*Bitte richten Sie herzliche Grüße an alle Schwestern, besonders an
Schwester M. Ich bedanke mich sehr herzlich für Ihre Karte und Worte.
Ich bin glücklich und danke Gott dafür, dass Er mich zu Ihnen geführt
hat. Ich freue mich jetzt schon auf ein Wiedersehen im nächsten Jahr.*

Annemarie

5. Dezember

Lieber Freund,

*schön von Dir zu hören. Da ich kein Tape mehr habe, werde ich die Kas-
sette morgen hören, wenn ich mit dem Auto zur Vipassana-Meditation
fahre. Ich werde bis zum 17.12. dort sein und zehn Tage sitzen und
schweigen, morgens um vier Uhr aufstehen, keinen Schmuck tragen,
keinen Blickkontakt mit anderen aufnehmen, nicht schreiben, keinen
Kontakt mit der Außenwelt haben. Ich bin sehr gespannt, wie das für
mich wird. Besonders das Sitzen stelle ich mir schwierig vor. Schweigen
kann ich. Allerdings ist das bestimmt eine andere Art des Schweigens.
Denn innen drin, in mir drin, in meinem Geist wird es laut sein. Endlich
nehme ich mir Zeit meinen Geist anzuhören. Nach langen Überlegun-
gen, ob ich das schaffe, freue ich mich jetzt darauf.*

*Meine Tage sind sehr voll. Ich bin ständig unterwegs, Ich jogge drei-
mal die Woche, fahre zwischen 20 - 40 km Rennrad, wenn die Sonne
scheint. Und die scheint glücklicherweise oft. Nach dem Brief möchte
ich gleich noch mal eine Runde fahren. Frank altes Rennrad passt mir
genau. Ich bin sehr glücklich damit. Ich fühle jedes Mal Glücklichsein,
wenn ich damit unterwegs bin.*

*Ich engagiere mich in der Hospizgruppe im 10 km entfernten Ort.
Ich möchte Angehörige betreuen. Bis jetzt kam ich noch nicht zum Ein-*

146

satz. Ich gründe eine Frauengruppe. Wir treffen uns einmal im Monat am ersten Montag um 19 Uhr bei mir. Meine Vorstellung ist, dass jeder Abend von einer anderen Frau gestaltet wird nach ihren Fähigkeiten. Und ich unterstütze mit voller Kraft ein Wohnprojekt. Gleich zwei Projekte, die ich mitgründe, nehmen ihren Anfang. Ich höre gerade eine CD von Frank und bin traurig. Die Traurigkeit kommt urplötzlich am Tage, wenn ich eine Erinnerung, ein Bild, ein Erlebnis von Frank habe. Ich kann dann nichts mehr tun, außer weinen. Das Weinen schüttelt mich dann durch. Es dauert eine Zeitlang, bis ich mich beruhigt habe, dann ist es wieder okay. Es tut mir gut, meine Traurigkeit sofort zuzulassen, wenn sie kommt. Wenn ich das mal nicht tue, wie letztens, dann kommt sie wieder wegen demselben Erlebnis. Da joggte ich und sah einen Rennradfahrer, der aussah wie Frank. Ich musste sofort weinen und konnte nicht mehr weiterlaufen. So ging ich ganz geknickt und traurig nach Hause. Dort backte ich gleich Brot, was ich einmal pro Woche für Freunde backe. Und schon war meine Traurigkeit vergessen. Als ich am Abend davon erzählte, fing ich wieder an zu weinen. Ich möchte mich wirklich bemühen meine Traurigkeit sofort zu leben.

Desweiteren schreibe ich in einem Buch mit. Es ist ein Tagebuch-Projekt mit dem Titel: »Leben mit der Diagnose Krebs.« Betroffene, Ärzte, Therapeuten und Angehörige schreiben über eine Woche Tagebuch und über ein Thema, das sie während dieser Zeit am meisten beschäftigt hat. Ich bin die einzige Angehörige und schreibe über zwei Wochen, eine in der Frank noch lebte, eine als er gestorben war. Und mein Begleitthema ist die »Liebe.« Meinen jetzigen Beitrag schicke ich Dir mit. Ich bin dankbar für Kritik und Anregungen.

Ich bereite mich auch darauf vor, ein Buch zu schreiben. Ich sage schon seit vielen Jahren: »Wenn ich 40 bin, schreibe ich ein Buch.« Jetzt habe ich überlegt, nicht mehr so lange zu warten, sondern gleich damit zu beginnen. Jetzt habe ich viel von mir erzählt. Wie geht es Dir?

Ich glaube, wirkliche Veränderungen nimmt man erst dann vor, wenn man Leid erfährt. Vorher gibt es ja nichts zu verändern, wenn es gut ist. Die Zeit mit Frank war sehr schwer und doch sehr schön und glücklich. Wenn Du in der Nähe bist, bist Du mir stets willkommen. Ich freue mich wirklich sehr über Deine Briefe. Ich finde, Du hast eine besondere Begabung, Briefe zu schreiben. Sie sind spannend zu lesen. Schreib mir doch öfter. Beim Schreiben wird mir immer vieles klarer. Was wünsche

ich Dir denn jetzt? Dass Du die Krise nützt. Dass Du erkennst, was ein wertvoller Mensch Du bist. Kraft und Mut.
  Annemarie

6. Dezember
Es ist soweit. Gleich fahre ich ins Meditationsabenteuer.

17. Dezember
Nach 10 Tagen Meditation komme ich wieder zu Hause an.
  Als ich unten die Haustüre aufschließe, hängt ein neuer Zettel an der Pinwand. Mit riesengroßen Buchstaben steht da, dass die Tür ab 22 Uhr abzuschließen wäre. Das wissen wir doch alle. Daneben hängt seit Wochen ein Zettel über Wäschetrocknen am Sonntag. Ich bin bestürzt über soviel Negativität gleich am Eingang dieses Hauses. Als ich in meine Wohnung komme, schalte ich sofort meinen Computer an. Ich habe noch Jacke und Schuhe an und schreibe einen Zettel:»Ich wünsche allen Hausbewohnern und allen Menschen, die hier ein und ausgehen einen schönen Tag und eine besinnliche Vorweihnachtszeit.« Ich unterschreibe und hänge ihn gleich über die beiden anderen Zettel, so dass jetzt nur noch dieser zu lesen ist.
  Es klingelt an der Tür. Eine Nachbarin hält ein Päckchen in der Hand, das halb aus dem Briefkasten schaute. Sie legte es vor meine Tür und nach ein paar Tagen sei es verschwunden. Später tauchte es auf den Briefkästen liegend wieder auf. Es ist von einer Freundin aus meiner Jugendzeit. Sie ist eine treue Seele. Es scheinen selbstgebackene Kekse in dem Päckchen gewesen zu sein, die jetzt fehlen. Von außen sieht das Packet sehr gut aus. Eine Karte und ein selbstgemachtes Lesezeichen, es ist wunderschön, sind noch drin.

18. Dezember
Ich stehe um 6 Uhr auf und meditiere eine Stunde. Danach jogge ich eine halbe Stunde. Später mache ich einen langen Spaziergang, und um 20 Uhr findet ein Hospiztreffen statt.

19. Dezember
Wieder schaffe ich es um sechs Uhr aufzustehen und zu meditieren und zu joggen. Um zehn gehe ich zum Yoga, anschließend zum Buchladen. Dort bestelle ich mir »Lehrbuch des kreativen Schreibens« von Lutz von Werder. Am Nachmittag fahre ich Rennrad. Das ist sportlich ein sehr aktiver Tag heute.

Heiligabend werde ich bei Freunden verbringen, und die Jugendfreundin möchte mich an Weihnachten besuchen. Meinen Hausbewohnerinnen schenke ich eine Riesenpackung Toilettenpapier, schön eingepackt mit einer Kerze. Sie leihen es sich oft bei mir aus und kennen sogar mein Depot im Schrank, das sie öfter plündern.

Meine Katze und ich haben es sehr gut miteinander. Wir sind beide sehr verschmust und genießen uns gegenseitig. In den letzten Tagen habe ich mir überlegt ein Buch über dieses Jahr zu schreiben. Das Buch heißt: »Es öffnete mir die Augen, dich zu lieben« oder einfach »Alles vergeht.« Jetzt lege ich eine neue Datei im Computer an und beginne.

20. Dezember
Heute ist es grau. Ansonsten ist es ein eher sonniger Dezember mit noch blühenden Rosen, Malven, Gänseblümchen, Geranien und Ringelblumen. Diese Meditationstage haben mir eine ausgleichende Ruhe geschenkt. Ich fühle Gelassenheit auf Schritt und Tritt.

Liebe Freunde,
ich habe mich entschlossen einen Rundbrief zu schreiben. Ich denke, Ihr seid einverstanden. (Bleibt Euch ja nichts anderes übrig.)
Das ist ein ereignisreiches Jahr gewesen. Nicht nur für mich, sondern auch für Euch. Wir sind wohl alle ein Stück reifer geworden durch diese Erlebnisse. Ich bin dankbar dafür und möchte keines missen.
Silvester 2000 feierte ich mit Frank. Seitdem sind wir ein Paar. Das heißt, wir waren ein Paar. Frank ist noch sehr lebendig bei mir. Ich fühle mich ihm immer noch sehr verbunden. Jedes Mal, wenn ich einen Rennradler sehe, der Frank ähnlich sieht, kann ich nichts anderes tun als weinen, egal wo ich bin. Ich hatte wirklich das Gefühl, dass dieser Mann Interesse an einer echten Partnerschaft hatte. Trotz der großen

Entfernung von fast 1000 km, schaffen wir es zehn Monate sehr inten-
siv zusammen zu sein.

Im Januar bin ich das erste Mal im Norden. Frank zeigt mir sehr viel
von der Landschaft mit dem Rad. Einmal fahren wir sogar auf die Sur-
ferinsel. Am 14.Februar erfahren wir von der Diagnose Krebs. Ich fahre
sofort wieder in den Norden. Am 21. wird er operiert. Eine Woche spä-
ter bricht sein Unterkiefer entzwei, und er bekommt die Spange. Ich bin
drei Wochen bei ihm. Damals bin ich sehr einsam, da ich niemanden
kenne. So bin ich bis zu zehn Stunden im Krankenhaus. Heute würde
ich das anders machen. Damals aber konnte ich es nicht. Eineinhalb
Wochen später kommt Frank in den Süden, um sich hier bestrahlen zu
lassen. Da der Unterkiefer noch nicht zusammen gewachsen ist, kann
die Bestrahlung wegen des Metalls im Mund nicht durchgeführt wer-
den. Während dieser Zeit spürt Frank wie der zweite Tumor wächst. Er
hat große Schmerzen. Um Ostern fährt er mit den Kindern zu seinem
Bruder.

Mittlerweile ist der 16. April. Frank kommt mit gepackten Koffern
hierher. Er rechnet damit, lange hier zu bleiben. So ist es dann auch. Er
muss sofort stationär in die Uniklinik mit Verdacht auf einen Abszess.
Dort wird er mit Antibiotika behandelt. Da keine Besserung eintritt,
wird er Ende April erneut operiert. Da sehen sie, dass ein großes Rezidiv
gewachsen ist. Für den 10. Mai wird eine große dritte Operation geplant.
Sie dauert 18 Stunden. Es kostet mich viele Nerven solange zu warten,
auch wenn ich zu Hause bin. Doch die Vorstellung, dass jemand 18
Stunden im Operationssaal ist, finde ich immer noch furchtbar.

Danach sieht er aus wie ein Monster, fast nicht zu erkennen. Überall
fließt ständig Blut. Er lagert immer mehr Ödeme ein, er kann nicht
reden und wird per Nasensonde ernährt. Da dieser Hautlappen vor sich
hinfault, wird er ihm wieder in zwei Operationen entfernt. Anfang Juni
ist die sechste Operation, in der erneut ein Hautlappen transplantiert
wird. Dieser wächst Gott sei Dank an. Frank hat große Schmerzen und
bekommt seit Mai Morphium bis zum Schluss.

Es geht mir sehr schlecht in dieser Zeit. Ich verbringe viel Zeit im
Krankenhaus, was für mich ein schrecklicher Aufenthaltsort darstellt.
Sobald Frank in der Lage ist, gehe ich mit ihm raus, mache kleine Aus-
flüge an den See oder auf den Berg. Jede Woche kommt Besuch von
überall her. Sogar sein Vater kommt einmal. So lerne ich Euch persön-
lich kennen. Vorher kennen wir uns nur vom Telefonieren.

Als ich mit Frank über den Tod und das Sterben reden kann, geht es mir etwas besser. Ich habe das Gefühl, ehrlich Frank gegenüber zu sein. Ende Juli findet das Gespräch mit dem Professor statt. Da wird es Frank klar, dass er bald sterben wird. Am 7. August kommen wir beide ins Hospiz. Frank geht es kurzfristig wieder besser, und ich habe dort eine schwere Krise, da ich will, dass Frank ganz klar zu mir steht. In der einen Nacht denke ich, dass ich gehen werde. Doch J. bittet mich zu bleiben. Da bleibe ich und fahre eine Woche zur Erholung in ein Kloster. Dort erfahre ich von Franks Blutsturz und nahendem Tod. Ich fahre sofort in der Nacht vom 9. auf 10. September zu ihm. Bis morgens um halb sechs ist er ansprechbar. Ich informiere Euch alle und so kommt es, dass viele bei seinem letzten Atemzug am Sonntag um 12 Uhr bei ihm sind.

Für mich ist das einer der schönsten Augenblicke meines Lebens. Ich bin glücklich. Ich bin eins mit Frank, mit dem Universum, mit Gott und mit den Engeln, die Frank abgeholt haben. Erst als ich seine Hand loslassen muss, weil der Pfleger ihn »zurecht« machen will, werde ich traurig.

Jetzt lese ich erst einmal, was ich geschrieben habe, dann geht es weiter. Könnt Ihr noch zuhören?

Okay, es geht weiter. Seid Ihr bereit?

13 Wochen brauche ich, bis ich zu Hause ankomme. Die Zeit ist wichtig und gut gewesen. Jetzt bin ich sehr gerne hier und fühle mich wohl. In der Zwischenzeit habe ich meine Wohnung umgestellt, eine Frauengruppe und einen Verein gegründet, arbeite ehrenamtlich in der Hospizgruppe und an einem Wohnprojekt mit, backe jeden Donnerstag Brot für Freunde, meditiere jeden Tag zwei Stunden, jogge, fahre Rennrad und schreibe an einem Tagebuch-Projekt mit dem Titel: »Leben mit der Diagnose Krebs« mit. Ihr seht, ich stehe wieder voll im Leben. Das kann ich gut.

Zwischendrin bin ich sehr traurig und weine kurz. Eine Erinnerung, ein Bild, ein geschriebenes Wort, oder ich sehe einen Sportler. Dies alles sind Auslöser für Traurigkeit. Dabei denke ich, wie wird es den Paaren gehen, die sich schon sehr lange kennen? Da ist der Schmerz bestimmt noch größer.

Ich schätze mich sehr glücklich, weil ich Euch alle kennen lernen durfte. Ihr seid für mich ein großes Geschenk. Jeder einzelne von Euch.

Ich freue mich auch sehr, dass ich mit Euch allen Kontakt habe. Und ich freue mich jetzt schon darauf, Euch wiederzusehen.

So, jetzt reicht es. Ich wünsche Euch ein sehr schönes Weihnachtsfest mit viel Liebe, guten Gedanken, feinem Essen und brauchbaren Geschenken. Und für das nächste Jahr wünsche ich Euch wieder Liebe, Gesundheit und Zufriedenheit und ganz wichtig: Freunde, die Euch helfen, wenn Ihr in Not seit. Ich möchte gerne für Euch da sein. Mein Haus, das heißt natürlich: meine Wohnung steht Euch jederzeit offen. Hier scheint nämlich oft die Sonne!

Annemarie

21. Dezember

Ich schaffe es, morgens und abends um sechs Uhr eine Stunde zu meditieren. Wenn ich danach jogge, ist mein Puls niedriger. Ich fühle mich sehr wohl dabei.

Franks Geist kommt jetzt seltener.

23. Dezember

Der Himmel ist grau, und ich bin sehr traurig. Ähnlich wie am Totensonntag. Ich lese eine Filmbeschreibung, der Film läuft gerade in den Kinos. »Der Himmel kann warten«, heißt er. Dabei geht es um zwei Freunde. Der eine hat in der Kindheit Krebs. Dieser bricht erneut aus. Seit dem Lesen bin ich noch trauriger und viel am Weinen.

Meine Trauer bezieht sich nicht auf Frank allein. Er ist der Auslöser für meine Traurigkeit. Ich trauere, weil ich soviel loslasse. Meinen Sohn, Frank, Freunde, Arbeit, Gedanken, Partnerschaft, Gefühle, Träume. Es ist einfach sehr viel, was ich dieses Jahr loslasse.

Mittlerweile ist blauer Himmel, und die Sonne scheint. Es zieht mich hinaus ins Freie, und ich mache einen dreistündigen Spaziergang, der mir sehr gut tut. Dabei habe ich die Idee, jeden Samstag einen langen Spaziergang zu machen. Vielleicht haben auch mal andere Leute Lust mitzugehen.

24. Dezember

Schön, dass es Sonntag ist. Bevor ich meditieren kann, kommt die Hausbewohnerin vorbei. Wir trinken zusammen Tee. Ich bemerke, dass ich schon flexibler bin. Früher hätte ich die ganze Zeit über gedacht, dass ich meditieren will. Jetzt denke ich, dass ich meditiere, wenn sie gegangen ist.

Ich ziehe meinen rosa Pullover an. Es ist ein großer Schritt für mich rosa zu tragen, denn eigentlich möchte ich lieber schwarze Kleider anziehen. Um drei Uhr hole ich die Jugendfreundin vom Bahnhof ab. Wir fahren gleich zu meinen Freunden, denn um vier gehen wir gemeinsam zum Gottesdienst. Ich freue mich auf alles.

26. Dezember

Die Jugendfreundin und ich meditieren zusammen. Das Sitzen macht mir Freude. Es bringt mir körperliche und seelische Entspannung. Heute rappelt der Küchenwecker nicht. Irgendwann stehe ich auf, um nachzusehen. Da sind zwei Stunden vergangen.

27. Dezember

Heute sowie gestern joggen wir nach der Meditation. Der Küchenwecker funktioniert wieder.

Uff, jetzt sitze ich bestimmt schon eine Stunde am Computer um die »Lebenswoche« für das Tagebuch-Projekt zu schreiben. Die erste Woche ist fast fertig. Morgen lese ich sie noch mal durch, drucke sie aus, korrigiere noch mal, und dann dürfte ich damit fertig sein. Die Jugendfreundin putzt in der Küche die Regale, die noch nie abgewaschen wurden. Sie tut es gerne, und ich bin ihr sehr dankbar dafür.

28. Dezember

Ich bin glücklich. Nach der Meditation um sieben Uhr heute Morgen sind wir beide so müde, dass wir wieder ins Bett gehen. Kurz vor neun stehe ich wieder auf, um Brotteig anzusetzen. Danach jogge ich, frühstücke und schreibe die erste Tagebuchwoche fertig. Die Freundin liest alles genau durch und gibt mir gute Tipps.

29. Dezember

Während der Meditation ruft Christel an. Als ich den Anrufbeantworter abhöre, erfahre ich, dass die Tante von einem ehemaligen Freund im Sterben liegt. Es ist sofort klar für mich, dass ich da hinfahre. So fahre ich mit dem Rad zu dem Freund. Es ist niemand dort. Da fahre ich zu Christel. Sie empfiehlt mir, die Schwester anzurufen. Ich sause nach Hause und telefoniere gleich mit ihr. Die Tante liegt in der 10 km entfernten Klinik. Ich fahre mit dem Auto hin.

Als ich ins Zimmer komme, steht der ehemalige Freund da. Ich frage:»Darf ich reinkommen?« »Ja«, sagt er. Ich schüttele ihm die Hand zur Begrüßung. Die Tante liegt sehr geschwächt mit offenen Augen da. Ich nehme ihre Hand und sage:»Hallo Tante, hier ist Annemarie. Ich möchte mich von ihnen verabschieden.« Ich glaube, sie weiß, wer ich bin. Weil eine Schwester kommt, gehen wir alle hinaus. Der Freund bleibt im Flur stehen und fängt an zu erzählen, wie alles war. Ich höre zu und bin dankbar, meinem Ziel einen Schritt näher zu kommen, indem ich einen Angehörigen betreue. Ich biete ihm meine Hilfe an. Auf der Station treffe ich eine Frau von der Hospizgruppe, und da sie für Silvester niemanden findet, sage ich zu, die Stunden von 21 bis 23 Uhr bei der Tante zu sein. Ich gehe wieder zurück ins Zimmer, setze mich ans Bett und halte die Hand der Tante. Um viertel nach zehn spüre ich, wie meine Kraft weniger wird. Ich verabschiede mich und gehe.

30. Dezember

Die Jugendfreundin fährt heute Morgen um 7:17 Uhr mit dem Zug nach Hause. Jetzt schreibe ich noch ein wenig die zweite Tagebuchwoche, dann fahre ich in die Klinik.

Die Schwester der Tante sagt:»Sie ist nicht mehr ansprechbar, will ihre Ruhe, bekommt nichts mehr mit, hört uns nicht mehr und will nichts vorgelesen haben.« Ich sage:»Ich will sie trotzdem begrüßen.« Da öffnet die Tante ihre Augen und nickt. Ich muss lernen, mit meinem Wissen umzugehen. Nicht jeder will es von mir hören. Ich bleibe nicht lange und bin sehr glücklich darüber, dass ich sie ein Stück ihres Weges begleiten darf. Gleichzeitig bin ich ein wenig traurig. 15 Wochen sind es jetzt her, dass Frank gestorben ist. Ich bin immer noch sehr dankbar für diese Zeit.

31. Dezember

Ich genieße das Alleinsein und bin sehr glücklich, wenn ich meditieren kann. Heute Nacht sowie gestern Nacht schlafe ich erst gegen halb drei ein. Von neun bis elf Uhr am Abend fahre ich zur

Tante. Ich fühle mich sehr gut. Das Jahr fängt mit Sterbebegleitung an und hört auch so auf.

Ich bin glücklich über diesen Jahresabschluss. Ich fühle mich meinem Ziel ein großes Stück näher und fühle eine Bestätigung, dass ich auf dem richtigen Weg bin.

Ich verspüre viel Dankbarkeit für die Erlebnisse dieses Jahres. Ich spüre viel Liebe und Ruhe. Ruhe, nach der ich mich schon so lange sehne. Ich habe innere Ruhe gefunden.

Nachwort

Eines Tages ruft mich jemand an und fragt mich, ob ich über ein wichtiges Thema schreiben könnte, das mich in dieser schweren Zeit begleitete. Spontan fällt mir ein: »Ich schreibe über die Liebe.« Seitdem mache ich mir Gedanken darüber, wie ich darüber schreiben soll. Es scheint mir ein schweres Thema zu sein, das ich mir da aussuchte. Doch ist es genau das, was mich in dieser Zeit am meisten beschäftigte. Denn immer wieder frage ich mich: »Warum begleite ich ihn, obwohl wir uns erst seit kurzer Zeit kennen?« Und die Antwort ist stets die gleiche: »Es ist die Liebe, die mich das tun lässt.« So möchte ich mit folgendem Satz beginnen:

Es hat mir die Augen geöffnet, dich zu lieben.

Die Liebe ist für mich allumfassend, göttlich, rein, weich, sie verzeiht und tröstet, sie schenkt Vertrauen und gibt Kraft, Wärme, Mut und Hoffnung. Sie ist ehrlich und verantwortungsvoll. Sie schenkt uns Achtung vor uns selbst und unserem Nächsten. Und sie ist ein Wunder.

Ich durfte dieses Wunder erleben.

Am stärksten bin ich berührt von dieser allumfassenden und göttlichen Liebe in dem Moment, als er seinen letzten Atemzug macht. Ich bin glücklich. Frank und ich sind so voller Liebe, so reich und rund, so verschmolzen und harmonisch. Ich bin verbunden mit dem Universum, mit Gott, mit dem Göttlichen um mich herum, mit den Engeln, mit den Menschen und mit allen Seelen. Ich bin eins und nicht mehr getrennt. Ich bin voller Vertrauen. Das ist das großartigste Gefühl meines Lebens. Auch Wochen danach hält dieses tiefe Gefühl der göttlichen Liebe an.

Doch wie kann ich dieses Gefühl verständlich machen, frage ich mich? Ich glaube, wer eine Ahnung hat von dieser Liebe, kann mich verstehen, kann dieses Gefühl verstehen.

Es gibt keinen Raum noch Zeit mehr. Alles ist eins. Alles strahlt, inklusive meiner. Ich habe das Gefühl, Gott noch nie so nah gewesen zu sein, wie in dieser schweren leidvollen Zeit.

Die Liebe wohnt im Herzen, in jedem menschlichen Herzen. Sie kommt mir vor wie ein Schatz, der entdeckt werden möchte. Wir dürfen es wagen, dieses Wundervolle zu spüren, zu entdecken und zu leben.

Wenn ich liebe, übernehme ich Verantwortung für mein Denken, für meine Worte, für mein Handeln, für mein Leben, für meinen Weg.

Wahre Liebe ist eines der kostbarsten Geschenke, die sich Menschen gegenseitig machen können. Liebe ist die Grundnahrung für unsere Seele. Sie erblüht, wenn sich unsere Seelen tief berühren.

In dieser für uns alle sehr schweren Zeit, fühle ich mich oft getragen von der Liebe meiner Freunde. Dadurch fühle ich mich verbunden mit ihnen, trotz aller Entfernung. Ihre guten Gedanken geben mir in vielen schwierigen Situationen Kraft und Hoffnung. Ich denke oft, ohne diese Liebe hätte ich so manches Stück Weg nicht gehen können.

Wenn wir liebevolle Gedanken und Gefühle aussenden, fließt Liebe zu uns zurück.

So wünsche ich uns allen Momente, diese Liebe zu spüren.

Martina Wende

Geboren 1968

Reflektiere ich mein Leben, so war es entscheidend, dass ich 1999 aus meinen Routinen und Gewohnheiten absolut ausgebrochen bin und mich für zweieinhalb Jahre nach Mexiko und Amerika begeben habe. Dort mit anderen Mentalitäten und Denkweisen konfrontiert, wurde mein Selbst auf ganz neue Weise gefordert und Fähigkeiten und Facetten bekamen ihren Raum.

Wirklich an die Öffentlichkeit trat ich mit meinen Bildern zunächst in New Orleans, Amerika, 2001. Ich lernte jeden Augenblick bewusst zu leben sowie meine Umgebung ohne Wertung wahr zu nehmen, wodurch meine Spontaneität, Intuition und Kreativität die Möglichkeit zur Expression erhielt.

Fasziniert von der Farbintensität, der heilenden Energie der Natur, möchte ich den Betrachter meiner Bilder inspirieren und erinnern ihre Blicke den Schönheiten der Welt zuzuwenden.

Kontakt: martinawende@web.de